Colecção Literatura de Macau

· 散 文 ·

镜海回澜

张卓夫 / 著

作家出版社

澳门文学丛书

编委名单

主　　编：吴志良（澳门）　吴义勤　鲍　坚　安亚斌

执行主编：李观鼎（澳门）　穆欣欣（澳门）

编委委员：黄丽莎（澳门）　张亚丽

统　　筹：梁惠英（澳门）　宋辰辰

总 序

　　值此"澳门文学丛书"出版之际，我不由想起 1997 年 3 月至 2013 年 4 月之间，对澳门的几次造访。在这几次访问中，从街边散步到社团座谈，从文化广场到大学讲堂，我遇见的文学创作者和爱好者越来越多，我置身于其中的文学气氛越来越浓，我被问及的各种各样的问题，也越来越集中于澳门文学的建设上来。这让我强烈地感觉到：澳门文学正在走向自觉，一个澳门人自己的文学时代即将到来。

　　事实确乎如此。包括诗歌、小说、散文、评论在内的"澳门文学丛书"，经过广泛征集、精心筛选，已颇具规模。这一批数量可观的文本，是文学对当代澳门的真情观照，是老中青三代写作人奋力开拓并自我证明的丰硕成果。由此，我们欣喜地发现，一块与澳门人语言、生命和精神紧密结合的文学高地，正一步一步地隆起。

　　在澳门，有一群为数不少的写作人，他们不慕荣利，不怕寂寞，在沉重的工作和生活的双重压力下，心甘情愿地挤出时间来，从事文学书写。这种纯业余的写作方式，完全是出于一种兴趣，一种热爱，一种诗意追求的精神需要。惟其如此，他们的笔触是自由的，体现着一种充分的主体性；他们的喜怒哀乐，他们对于社会人生和自身命运的思考，也是恳切的，流淌着一种发自肺腑的真诚。澳门众多的写作人，就这样从语言与生活的密切关联里，坚守着文学，坚持文学书写，使文学的重要性在心灵深处保持不变，使澳门文学的亮丽风景得以形成，从而表现了澳门人的自尊和自爱，真是弥足珍贵。这情形呼应着一个令人振奋的现实：在物欲喧嚣、拜金主义盛行的当下，在视听信息量极大的网络、多媒体面前，学问、智慧、理念、心胸、情操与文学的全部内涵，并没有被取代，即便是在博彩业特别兴旺发达的澳门小城。

文学是一个民族的精神花朵，一个民族的精神史；文学是一个民族的品位和素质，一个民族的乃至影响世界的智慧和胸襟。我们写作人要敢于看不起那些空心化、浅薄化、碎片化、一味搞笑、肆意恶搞、咋咋呼呼迎合起哄的所谓"作品"。在我们的心目中，应该有屈原、司马迁、陶渊明、李白、杜甫、王维、苏轼、辛弃疾、陆游、关汉卿、王实甫、汤显祖、曹雪芹、蒲松龄；应该有莎士比亚、歌德、雨果、巴尔扎克、普希金、托尔斯泰、陀思妥耶夫斯基、罗曼·罗兰、马尔克斯、艾略特、卡夫卡、乔伊斯、福克纳……他们才是我们写作人努力学习，并奋力追赶和超越的标杆。澳门文学成长的过程中，正不断地透露出这种勇气和追求，这让我对她的健康发展，充满了美好的期待。

毋庸讳言，澳门文学或许还存在着这样那样的不足，甚至或许还显得有些稚嫩，但正如鲁迅所说，幼稚并不可怕，不腐败就好。澳门的朋友——尤其年轻的朋友要沉得住气，静下心来，默默耕耘，日将月就，在持续的辛劳付出中，去实现走向世界的过程。从"澳门文学丛书"看，澳门文学生态状况优良，写作群体年龄层次均衡，各种文学样式齐头并进，各种风格流派不囿于一，传统性、开放性、本土性、杂糅性，将古今、中西、雅俗兼容并蓄，呈现出一种丰富多彩而又色彩各异的"鸡尾酒"式的文学景象，这在中华民族文学画卷中颇具代表性，是有特色、有生命力、可持续发展的文学。

这套作家出版社版的文学丛书，体现着一种对澳门文学的尊重、珍视和爱护，必将极大地鼓舞和推动澳门文学的发展。就小城而言，这是她回归祖国之后，文学收获的第一次较全面的总结和较集中的展示；从全国来看，这又是一个观赏的厨窗，内地写作人和读者可由此了解、认识澳门文学，澳门写作人也可以在更广远的时空里，听取物议，汲取营养，提高自信力和创造力。真应该感谢"澳门文学丛书"的策划者、编辑者和出版者，他们为澳门文学乃至中国文学建设，做了一件十分有意义的事。

是为序。

2014.6.6

目　录
CONTENTS

第一辑　港澳人事

第二辑　城市风情

第三辑　外国见闻

第四辑　澳门故事

第一辑 港澳人事

澳门是中西文化汇聚的中心

明朝嘉靖十四年（1535 年），广东官府在当时称为蚝镜岙的澳门设立市舶司舶口，允许澳门成为中外互市之地。至 1555 年，葡国商人乘船到澳门上岸，搭建几十间帐篷居住。这样就拉开了澳门历史的序幕。

澳门开埠之后，很快就成为中西文化交流的枢纽。十六世纪五六十年代以后，包括葡萄牙在内的欧洲、非洲以至亚洲一些国家的商人、军人、传教士、艺术家、水手、官员、教师、工匠等，纷纷来到澳门，在现时水坑尾、大炮台山至西湾、妈阁一带建城筑室，形成华洋杂处的状况。其中葡国著名诗人贾梅士在还未正式开埠时就来到澳门，在现时的白鸽巢公园石洞里创作史诗。

澳门除了成为远东最繁盛的港口，担当掀起第一次全球化贸易高潮的主要角色之外，在文化方面产生的特殊作用，一方面是东学西渐，另一方面是西学东渐。前者例如耶稣会会士罗明坚 1589 年在澳门手绘二十八幅中国地图赠送西班牙国王；在澳门圣保禄公学学习中文后进入中国的传教士利玛窦 1593 年将中国的《大学》《中庸》《论语》《孟子》等典籍译成拉丁文寄去意大利出版，还有传教士将《本草纲目》等中国医学名著译成西方文字传到欧洲；荷兰人于 1606 年开始以澳门为基地从广州贩运茶叶经澳门南湾港运销欧洲，从而展开了中国茶文化传遍西方世界的进程。后者使澳门出现一系列"中国之最"。

例如:在嘉靖三十九年(1560年)建造中国最早的西式教堂——圣安多尼教堂;嘉靖四十四年(1565年)创办圣保禄公学,至万历二十二年(1594年)升格为学院,是中国乃至远东地区第一所近代模式的高等学府,并最早在中国引入物理、几何、逻辑、解剖、天文、地理等学科;万历四十七年(1619年)法国籍耶稣会会士金尼国从里斯本运来七十余本图书,开创了西洋文献大批传入中国的先河。另外,还有中国第一间西式综合医院(白马行医院)、眼科医院、麻风病院和第一批疫苗;远东第一座灯塔(松山灯塔);由葡人投资设立的中国第一家新型民办报社(《蜜蜂华报》);中国第一间水泥厂和第一批用水泥建造的街道(白马行街)、楼房、花园(卢廉若花园)、军事设施(炮台、隧道等);中国最早引入西方科技开设的远东最大铸炮厂;中国第一批相机和照片;中国第一座西式气象台;中国第一间西式剧院(岗顶剧院);中国第一间西式印刷所;中国第一个出洋留学生(容闳);中国最早由民选产生的市政议会、中国最早由民选产生的地保(村民代表),还有玻璃镜(包括眼镜、望远镜、显微镜)、西医西药论著中文译本、中西语言翻译用字典、西洋建筑艺术、西洋音乐、油画和油画理论、自鸣钟、公众广场、公园、十字路圆形地以及西洋菜、生菜、葡挞等众多物种……这是澳门多元文化发展的第一阶段,也是第一大因素。

鸦片战争之后,从1846年(清朝道光二十六年)4月21日葡萄牙派亚马留来到澳门出任总督开始,澳葡将水坑尾、大炮台山以北至关闸的龙田、望厦、新桥、天成、龙环、石墙、蒲鱼、沙冈八条原属香山县的村落并入澳门范围,其后将氹仔、路环两个原属香山县的海岛也并入澳门范围,而香山县原本是由东莞、南海、番禺、新会四个县于南宋绍兴二十二年

（1152 年）各划出一部分岛屿组合成的。澳门人几百年来通过长期开放大门的关闸与上述各县的人来往密切。这是澳门多元文化发展的第二阶段。

1937 年 7 月 7 日北平卢沟桥事变之后，大量包括广东在内的华南地区人口迁移到港澳。1941 年香港沦陷之后，澳门成为华南的避难中心，人口增加数倍至超过四十万。从广州、香港等地迁来澳门的富豪、商户、学校、报人等多不胜数，较具代表性的有何东、六国饭店、培正中学、赵斑斓。这是澳门多元文化发展的第三阶段。

1949 年前后，上海的葡国侨民大批来澳门定居，另外有大量各地富户、旧政府军政人员直接或经香港来澳，较具代表性的有澳葡时期的教育暨青年司司长施绮莲（葡裔）和前澳门立法会主席曹其真的家族。这是澳门多元文化发展的第四阶段。

另外，在内地不同时期循合法或非法途径来澳门居住的人和改革开放以后来澳门经商、办公务、留学的人都很多，也是影响澳门多元文化发展的重要因素。

基于上述因素，澳门存在非常丰富多元的种族和各具不同文化背景的群体，在中国范围内四百多年来文化发展得较早较快。

据 1981 年澳葡政府的人口普查结果，澳门常住居民中出生地的百分比分配如下：内地出生48%，澳门出生39%，香港出生5.4%，葡萄牙出生0.4%，葡国前殖民地出生0.2%，其他地方出生5.3%。又据澳葡当局 1991 年的统计资料，澳门的420000人口中，葡萄牙人约有3000，本地出生的华人约有100000，历年来的内地（以广东为主）移民超过200000，另有菲律宾人近5000，缅甸、印尼、越南等国归侨50000，长居澳门的福建人50000、上海人约4000，中资机构人员及其家属约

5000，还有无身份证居留者、留学者 40000 至 50000。25 年后的今天，全澳人口增加约 23 万，外来劳工激增至 18 万人，留学生也激增多倍，每年入出境旅客超过 3000 万人次，人口结构更加复杂多元。

综合以上所述可知，几百年间澳门作为中国最早对全球开放的地区，好像成了一个巨大的文化博物馆。来自四面八方不同族群，不同文化背景的人长久以来在澳门杂居、互动，使澳门成为具有非常丰富语言、文化特色和本土文化底蕴的国际名城，从而汇聚了大量各具姿彩、别具内涵的语言、宗教、习俗、服装、民歌和民间传说，真是积淀深厚，云蒸霞蔚。

澳门在历史上是局势相对平稳、门户开放的自由港，也是远东天主教活动、传播的中心，所以世界不同国家的许多名人，尤其传教士、艺术家，都来澳门避难、居留和进行活动，最著名的传教士有利玛窦、汤若望、南怀仁、马礼逊等，最著名的艺术家除了葡国诗人贾梅士之外，还有英国籍画家钱纳利、俄罗斯建筑师兼画家史密罗夫。从内地、香港来澳门避难、居留和活动的名人更多，例如孙中山、林则徐、汤显祖、周敦颐、詹天佑、郑观应、康有为、梁启超、冼星海、叶挺、高剑父、张玉堂、丘逢甲、汪兆镛、陈芳、高可宁等等。

澳门交通方便、资讯发达，与内地和世界各地的宗教、贸易、旅游等关系密切。因此，来自广州、江浙地区、中原地区以至外国的文化、语言、服装、食物以及生活习俗，伴随状元及第粥、东坡肉、贵妃鸡、油炸鬼（桧）、老婆饼和老公饼、妃子笑荔枝、各类名茶、八仙桌、葡挞、三色转筒灯、贵妃椅等商品送到澳门。澳门的教堂、庙宇分别供奉葡国和内地相同的圣、神，在兴建的时候都会分别聘请外国和内地的工匠来施工，宗教界人士来主持仪式，文人墨客来题词、撰写楹联，又有不同地域的人来参观、拜祭，这样有关观音、耶稣、圣保禄、妈祖、花地玛、慧能的故事、资讯、文化就传到澳门来。以上种种，突显澳门人对于民族传统文化尤其俗文化从不间断的承传，也突显了澳门在与世界各地文化、资讯长期交流中所担负的重要角色。

让澳门人增进对内地的了解固然重要，让内地人增进对澳门的了解也是非常重要的。试想想，当年若然不是封建王朝不了解澳门，忽视澳门作为认识世界、引入世界先进文化门户的作用，而是及早从澳门引入包括有关大炮、水泥制造、管理的文化，引入大学、市政议会的内涵和体制，我国由鸦片战争起的百年屈辱史就可以改写。所以，保存澳门的特殊性，尤其文化特色，充分发挥澳门在文化等各方面的优势和作用，对于澳门和国家都是很有必要的。文化是社会文明、国家发展、时代进步的关键，这是当今世人的共识！

太史公李际唐与江孔殷

晚清光绪三十年（1904年）中国举行了最后一届科举考试，结果刘春霖、朱汝珍、商衍鎏分别考中状元、榜眼、探花，澳门人李际唐与南海县人江孔殷为同科进士，李际唐与商衍鎏、江孔殷等同进翰林院，商衍鎏、江孔殷这两个人都曾在辛亥革命爆发后来澳门，寄住李际唐的"太史第"，老一辈澳门人都称他们为"太史公"。

李际唐是唯一考中进士的澳门人

李际唐的太史第，在南湾街（现称南湾大马路）旧法院右面湾景楼原地段。昔日这间大宅内堂上高悬"钦点翰林"的圣旨，神案旁竖立"太史第"高脚牌。原本大门左右两边分立"肃静""回避"的金字高脚牌，后来移到宅内放置。大约在六十多年前，曾任中华总商会副会长的建筑商陶开裕将"太史第"拆卸，重建成现存的湾景楼，它是南湾一带最早的高层楼宇之一。作为澳门人的李际唐考中进士，自然感到十分荣幸，本澳另有一人考中举人，他是卢怡若。

江孔殷死于土改运动后太史公家族显得低调

李氏号际唐（以号行世），原名李翘燊，祖居新会六堡镇，生于一八八二年，其父李镜荃是个银业大亨，曾任澳门商会副总理。

抗日战争期间李际唐在澳门相当活跃，曾与商人范洁朋发起成立澳门筹账兵灾慈善会，宣扬长期抗日，又曾捐款给粤华中学。

李际唐家族在二十世纪五十年代起转趋低调，可能与另一太史公江孔殷的遭遇有关。江孔殷1864年生于南海一个茶商家庭，是康有为的门生，历任广东道台，曾助两广总督岑春煊办学务，功授编修，是著名美食太史五蛇羹和龙（蛇）虎（猫）凤（鸡）大烩的创制者。曾于1895年参与公车上书。在黄花岗起义失败后，他曾协助安葬死难者。1911年武昌起义后，曾成功力劝两广总督张鸣岐、水师提督李准（即率水师进剿路环海盗失败者）脱离清廷，宣布广东独立。澳门十月初五街六国茶楼还营业时，以太史五蛇羹招徕。澳门举行征诗比赛时，江孔殷担任评判。1930年从港、澳返回广州的江孔殷在河南租下郊区罗岗洞千余亩荒置官地，创办江兰斋农场和养蜂场，引入"金山橙"种植，所产"罗岗橙"至今仍是著名水果品牌。1951年冬天，江孔殷去世。从此，江孔殷的家人变得作风低调，其中包括在香港的儿子江誉镠（编剧家，艺名南海十三郎）、女儿江畹征（画家）、孙女江端仪（电影红星，艺名梅绮）和江献珠（食谱作家）。与江孔殷同科的李际唐家族也在这时候起变得作风低调，许多澳门人不知道李氏的家世。

从六国饭店终被清拆说起

位于十月初五街一五九号的六国饭店终于被清拆了!

六国饭店自 1990 年结业后,社会上对于如何保存、利用它所在的建筑物和陈设一直众说纷纭。然而,据说六国饭店原址的业权人是很有势力的。

最早提出保存这座中式建筑和广府风格茶楼陈设的人,原来不是中国人而是前澳葡总督高斯达(1981 年 6 月 16 日至 1986 年 5 月 14 日在任)。早在二十世纪七十年代,澳葡已经决定保存新马路、议事亭前地一带的旧城景观。当时从内地到本澳的华人对于这条政策还很不理解。新马路中国土特产公司所在建筑物拆卸后拟改建成多层大厦,受到澳葡阻止,曾经引起一场纷争。在这样的背景下,当高斯达闻得位于十月初五街与新马路交界的六国饭店即将结业、拆卸,就亲自到六国饭店品茗,接着不久就将当时的工务局第一把手撤职,要求保存六国饭店作为文物。

六国饭店其实是一间茶楼,自 1938 年由东主谭启和偕同一众职员从广州、佛山搬来澳门之后,就取代 1913 年创立的得心茶楼,一直是傅老榕、梁昌、何贤、马万祺、何鸿燊等上流人物聚脚的中心,也是多届澳督了解华人传统生活习性的主要地点。例如何贤,经常从香港乘夜班的佛山号客轮在清晨时分返抵澳门,就偕同妻子陈琼、保镖黄子雅、司机肥旺,乘坐五五五号私家车,到六国饭店三楼饮早茶,并打包点心返家,所以六国饭店是澳门许多人的集体记忆。

六国饭店从广州直接带来澳门的不但有茶楼文化，还带来了广府语言：包括将大水煲称为"死人头"，五指合拢同时叫"开嘜㖞住"（五）的口头语言配合肢体语言。在电视、电台未普及之前，六国饭店为在澳门承传广府传统语言、文化负起最重要的角色。现在澳门商业尤其饮食业的许多东西，包括食品的用料、制法、名称，食肆的装饰和人事架构，等等，都或多或少受到以六国饭店为代表的广府茶楼文化的影响。例如，以前六国饭店负责接待顾客的职员叫楼面，负责计数、收钱的职员叫柜面，现在赌场中负责派牌的职员叫席面，前后两者显然有承传的关系。

三层楼的六国饭店，原本保存不少堪作珍贵文物的陈设品和装饰品，其中包括由江太史（江孔殷）手书的"六国饭店"横匾，现在这块横匾收藏于澳门博物馆。江太史是南海县人，晚清光绪三十年（1904年）中国最后一届科举殿试二甲进士。辛亥革命前，他是广州政界、文化界名人，有"百粤美食第一人"的美誉，经常在家中以美食招待广州官绅名流。六国饭店大堂上高悬的《颂辞》，其中"看荐国香，羹调国手"八个字据坊间传说就是六国饭店供应由江孔殷在广州太史第创制以菊花为作料的"太史五蛇羹"。至今"太史五蛇羹"在澳门多家酒楼仍可以吃到。除了太史五蛇羹之外，江太史还创造了太史鸡等多种以太史冠名的美食。

六国饭店所在楼宇内部大约二十年前已经神秘地倒塌了，倒塌前部分名家字画和珍贵工艺品曾由商人卢郁庭（今已故）收购。至于最后所见其门面建筑，艺术价值和风格特色不算很突出，现在也悄悄地被拆清了。

古时候路环不是海岛

早前本澳报章有文章述及二十世纪九十年代开始港澳专家在路环黑沙进行的一系列考古发掘，显示至今仍有人关心这项目的考古成果。

从 2011 年 4 月到 2012 年 10 月，广州暨南大学港澳历史文化研究中心硕士生导师赵利峰、暨大历史地理研究中心副主任吴宏岐等内地、港澳著名考古专家和历史学家应民政总署的邀请分批到澳门地区访问、讲学，当时我作为民署主任文案，曾经抓紧机会与他们谈话，向他们请教，部分谈话内容涉及黑沙的考古成果。

内地的专家、学者其实一直关注黑沙考古发掘，他们从宏观角度提出了下列两项澳门人至今未知悉的、权威性的重要观点：

一、黑沙考古的成果证实路环古时候不是海岛，而是新石器时代陆地上一处较接近海洋的先民聚居点。若是海岛，因为交通不便，先民是不会选作聚居点的。地球历来出现十一次冰河时期，最近一次距今一万八千年前开始，大约一万年前逐渐结束。冰河时期中，地球大约三分之一陆地被厚达二百四十米的冰层覆盖，这样海洋的水就没有现在所见这么多，南海海岸线比现在低得多。那时候人可以从福建走路到台湾；也可以从亚洲东北部俄国的迭日涅夫角走路经过八十五公里宽的白令海峡到美洲西北部美国的威尔士王子角，这就是北美洲有亚裔先民的缘故。

二、黑沙考古证实中华民族的起源并非只在黄河流域，而是在中国南北多处地方。

据笔者另一方面的地理研究显示，冰河时期结束时，地球各处冰层融化，南海海水增加，包括路环在内的珠江口濒海低地才逐渐被海水浸上，初时大致上只露出一百四十六个海上山峰，包括斗门的黄杨山和澳门地区的东望洋山、西望洋山、大潭山、小潭山、九澳山（叠石塘山）。珠海市的多条乡村以山为名，例如荔枝山、马山、南山、龙山、网山等，就是这缘故。近千年随着珠江冲积泥沙，各山周围才出现大片平地。澳门半岛和氹仔岛大部分地方其实都是泥沙冲积加上人工填海而再度成了陆地。

氹仔爱泉与贾梅士笔下的皇帝爱情故事

在现时氹仔龙环葡韵景区光复街向北转入素啤古街的街角，即市政花园东南角，从前是个天然岩石堆，有泉水从岩石流出。这处石泉叫"Fonte dos Amores"，中文的意思是"爱泉"。在 1935 年所摄照片中，可见爱泉前建了石砌矮墙围成的水池，村民用电单车来取水（可以卖给食肆赚钱），另有一人挑担来汲水。

原来这里有个葡国皇室凄美的爱情故事。它与葡国中部古都科英布拉郊外的"Fonte dos Amores"古迹同名，结构相似，同是纪念葡国诗人贾梅士史诗《葡国魂》所述十四世纪葡国皇室轰天动地的爱情故事。笔者 1999 年在科英布拉留学时曾经到那处"Fonte dos Amores"游览。

话说葡国皇子佩德罗（Perdo，1320—1367）与第一任妻子离婚后，于公元 1340 年娶了邻国西班牙（当时称为卡斯提尔）公主江世丹莎（Constança Manuel）为妻。江世丹莎公主从西班牙带来葡国的侍从女官叫伊纳诗（Inês de Castro，又译名为恩娜），她当时只有大约十五岁。

佩德罗皇子和江世丹莎公主的婚姻是葡国皇帝亚丰素四世（D.Afonso IV）为了巴结西班牙皇室而安排的，所以佩德罗与江世丹莎没有爱情，他却渐渐爱上了美丽温柔的侍从女官伊纳诗。

佩德罗与伊纳诗在科英布拉郊外别墅中秘密同居长逾十

年，伊纳诗为他生了多个儿女。怀了身孕的江世丹莎公主因此愤恨而于 1349 年早产致死。亚丰素四世皇帝知道这个消息之后大为震怒，为恐西班牙皇帝兴师问罪，在朝臣的怂恿下，于 1355 年 1 月 7 日派了三个杀手，乘佩德罗皇子外出未返的时机，到科英布拉郊区伊纳诗藏身的圣格拉勒宫（即今日葡国爱泉所在），将伊纳诗和当时在她身边的一些子女杀死。死者的血染红了当地山边的泉水。

深爱伊纳诗的佩德罗皇子在极度悲痛之余，发动叛变。父子双方军队对峙多年（葡国内战常会对峙很久，旨在比较实力，甚少会打起来），幸得皇后贝亚德丽丝（Beatriz）从中斡旋。经过谈判，亚丰素皇帝被迫让出部分权力。

1357 年亚丰素四世病死，佩德罗即位为葡国第八任皇帝，历史上称为佩德罗一世。佩德罗一世宣布已在一名仆人和一名神父作证之下，与伊纳诗秘密结婚，因而追封她为皇后，此后对她仍深深爱恋，终身不肯再结婚（只同居）。他将杀死伊纳诗的三个杀手其中两个捕获，挖去他们的心脏泄愤。其余一个逃往法国，佩德罗一世直到四十七岁病逝之前才宣布原谅他。佩德罗一世死后葬身的石棺与伊纳诗葬身的石棺一起长期安放在科英布拉郊外爱泉邻近的 Alcobaça 修道院，两具石棺上分别镶上两人的雕像，宣示像爱泉一样无尽的、永恒的爱。

氹仔葡人为什么要仿效科英布拉兴建爱泉呢？说来另有一段因由。相传葡国诗人贾梅士（Luís de Camões 1524 ？—1580）于 1556 年到澳门，居留两年期间，在凤凰山一个石洞（现在的白鸽巢公园贾梅士石洞）根据葡人传说故事创作（部分章节）的史诗《葡国魂》（葡文称 Os Lusíadas），其中第三章详细描述和咏叹了这个皇室爱情故事，所以这个故事在葡国和澳门的葡人中长久流传，无人不晓，正如中国人流传诗人白居易所作《长恨歌》传颂唐明皇与杨贵妃的故事那样。现在白鸽巢公园陈设一系列雕刻，以图文介绍这一章诗句的内容。诗中指爱泉的泉水，是人民为这个故事感动而流的眼泪，所以又叫"爱泉"为"泪泉"（Fonte das Lagrimas）。除了用爱泉作纪念之外，前几年科英布拉的蒙德哥（Mondego）河一座新桥建成，也命名为"佩伊桥"（佩德罗与伊纳诗之桥），可见葡人对哀婉动人的佩伊之恋至今念念不忘。

氹仔这处爱情的石泉由于大潭山基岩在嘉乐庇总督马路和素啤古街两处被挖断等原因，引致山体雨水不再顺着泥土下倾斜的岩基流来，因而在数十年前枯竭。在扩建素啤古街时，石泉原处的岩石大部分已被拆去，但至今在石砌的挡土墙上仍嵌着刻有"Fonte dos Amores"葡文字的石碑和狮头口衔出水管口的石雕，类似民政总署后花园的石狮头，具葡国特色。

1999 年 12 月 5 日，澳督韦奇立主持海岛市政厅举行的仪式，在爱泉上岩层和泥土构成的小岗竖立由本澳青年雕塑师、澳门雕塑学会理事长黄家龙制作的贾梅士青铜立像，像高 210 厘米，重约半吨。读者看了上述故事，就会知道竖立这个铜像的原因和含义。以前的海岛市政厅和现在的民政总署每年都在"龙环葡韵"景区举办"葡韵嘉年华"（1998 年至 2001 年称为"葡韵萦绕嘉年华"）活动，活动包括玩葡国传统游戏，展销葡语国家手工艺品、书籍、服饰，演出葡国土风舞、巴西森巴舞等富有葡语国家民族特色的歌舞，吃葡国餐，等，爱泉遗迹及其故事正好为之增添葡萄牙文化的韵致。

本故事采录自前海岛市政厅和葡国科英布拉大学

"赌王"计破"听骰党"

泰兴娱乐有限公司二十世纪三十年代在新马路中央酒店开设赌场时，在内地江门等城市的赌场精通各种赌术而扬名的"赌圣"叶汉来到，他见到中央酒店赌场其中一个做庄荷的女职员样貌很甜美，于是经常去光顾，借故结识她。由于叶汉经常去同一张赌台玩同一种博彩，后来不但结识了这个女职员，还懂得凭着听摇骰的声音就猜到三粒骰开落的总点数是"大"（十点至十七点）还是"细"（十点以下至四点）。从此，他几乎在这张赌台逢赌必赢，每次赢大洋二百至三百就走。有一伙赌客见他赢得多了，都跟着他买，而且也学他听骰的赌术。

不久，这事情给当时的"赌王"傅老榕知道了，他又惊又恼。很久终于想到一个"吃小亏占大便宜"的办法。他叫职员恭敬地邀请叶汉进他的办公室。原来傅老榕早已在内地认识叶汉，知道这个"赌圣"的厉害。傅老榕劈头就说马上聘他为顾问，每日酬金高达五百大洋。刘品良著《澳门博彩业纵横》认为，傅老榕委任叶汉的职位是骰宝主任，月薪七百元。叶汉心想不用赌就每日稳拿高薪，比平日赢的钱还多，而且马上有钱跟那个美女庄荷结婚了，于是兴奋地即时一口答应。做了顾问之后，按赌场规矩他不可以参赌。傅老榕给他第一项任务，就是设法对付跟他学会听骰赌术的一伙人。叶汉气定神闲地夸口说："我懂得施这种赌术，当然就懂得解这种赌术啦，保证即时见效！”于是叫人在骰盅的底部贴上绿绒布，又规定摇骰急停并马上用手捂住骰盅。果然，那一伙"听骰党"因为听不清摇骰和停骰的声音，都灰溜溜地走了，再也不敢来了。

从此以后，"赌圣"的威名在澳门传开了。叶汉以为这回"赌王"必定对他重重有赏，不料傅老榕却即时撤除他的顾问职务，将他调往越南，说是协助在那里开赌场。这下子"赌圣"才知道中了"赌王"的调虎离山之计，真是魔高一尺，道高一丈。

甲戌风灾——澳门最严重的灾难

澳门历来最严重的风灾发生于 1874 年 9 月 22 日，这天是农历甲戌年八月十二日，所以华人习惯称之为"甲戌风灾"。它的影响十分深远。

最惨重的灾难发生在氹仔大潭山沙冈西面海边。那时大潭山和小潭山还未连成一片，由三家村至吴家园还是海滩。当时原本风平浪静，突然深夜刮起烈风，海滩上四十多间住着穷苦人家的高脚棚屋都被卷起像小山似的巨浪掀翻，泊在岸边的木船，有的被吹沉，有的被吹上岸。洪水直淹进氹仔镇的街巷。

澳门半岛的灾情也非常严重。当时沙梨头一带海边的许多木船、木桥和房屋被烈风摧毁后，无数渔民和岸上居民在狂风暴雨中逃难，到处一片漆黑，既不见月光、星光，也不见灯光。有一座宽一丈的木桥，原本横架于现时麻子街与林茂塘之间的河涌上，灾民摸索到那里，以为过桥向高处走，不料木桥已被洪水和暴风摧毁，争先恐后的灾民纷纷堕入水中，在一片哭喊声中许多妇孺被水冲走。幸好这时圣安多尼教堂被雷劈引致大火，灾民才辨明方向，向凤凰山逃避。

这时在松山东麓的马交石村也惨遭蹂躏，由螺丝山下至劏狗环一带多数由船家盖搭的棚屋全被吹塌，居民只好连夜扶老携幼外出逃难，后来大部分生存者迁居台山，只剩下村民于清朝同治四年（1865 年）修建的天后古庙。

同时遭受灾劫的还有建于 1865 年 9 月 24 日的松山灯塔，

它被毁后于 1910 年 6 月 29 日完成重建。

澳门和氹仔的居民在这次风灾中共有五千多人死伤（未计路环数目是因为澳葡在 1910 年才完全控制该岛），二千多条渔船沉没，按当年人口规模只得几万来算，死伤比率可谓极高。后来澳葡当局将无人认领的尸骸集体安葬，氹仔二百九十副骸骨，分葬于大潭山沙冈的义冢、女冢和童冢，现在这三座公墓已经迁入氹仔市政坟场。澳门半岛八十二具骸骨原本葬于澳门沙冈（在现时连胜马路近卢九街处），后因建筑工程开展，这处墓葬迁往普济禅院后山。

那时澳门还未成立气象局（气象局于 1952 年才正式成立），气象预测只依赖驻澳葡萄牙海军一个机构负责，它在 1861 年才设立，所以预测的准确性、及时性都不足，加上那强台风在深夜突然正面来袭，这是濒海的澳门灾情特别惨重的重要原因。由此可见，气象预测工作对于澳门这个濒海地区来说是何等重要，真是容不得丝毫的懈怠。

在澳门承传"安人"与盆菜的中山乡俗

澳门地区原本是大香山南端的三个海岛。大香山人的传统风俗，至今在澳门地区仍有迹可寻，其中离岛路环黑沙村和九澳村的不少村民，至今仍沿袭珠海市斗门区（原中山县八区）一带居民尊称年长女士为"安人"的俗例，例如称黑沙村地保何庚年（今已故）的首任妻子为廖甲妹安人，称次任妻子为林金莲安人。笔者认为这是很值得承传的优良传统文化，因为安人与盆菜与香山县村妇冒险向南宋皇帝、太后和军队供奉盆菜的一页光荣历史有关。

700多年前，南宋都城临安（现在称杭州）被元军攻占。历史上称为"三忠"的大臣文天祥、张世杰、陆秀夫等拥立先皇九岁的幼子赵昰在福建省福州即位为宋端宗。后来文天祥率领一支军队转战广东，海丰等地方的老百姓开始用木盘盛载当地储存的食物招待这支军队。张世杰、陆秀夫率领近两千艘船护卫宋端宗和杨太后从福建沿水路到了广东珠江口。船队短暂驻在澳门、氹仔、路环和大小横琴等海岛之间的内十字门和外十字门，在海战中击败追来的元军船队，然后南下往雷州湾，再北返经香港元朗（当时仍属东莞县）歇息，最后到了当时香山县西北部与新会县接壤的地方（即今珠海市斗门区赤坎、南门一带），在崖山（珠江虎跳门和银洲湖水道出口处的孤岛）建立水寨。由于御船曾在外十字门的井澳（在大小横琴之间的水道）遭台风吹袭时，赵昰落水受惊以致不久在南下雷州湾时病死，张世杰、陆秀夫等拥立赵昰的弟弟赵昺为帝，就是历史上习惯所称的宋帝昺。宋军沿途都得到各乡农民、渔民的热情接待。由于南宋皇室、军队和家属人数多达二十万，食量大，各处乡民都用大木盘盛载食物招待他们。

崖山附近乡村的民众，男的不少参加当地武装队伍为宋军助战。一个叫马南宝的富户，献粮 1000 石作军饷，并招待杨太后母子在马家暂住。各村留在家里的妇女也不畏元军报复，纷纷用大木盘盛载当地最好的食物献给宋军。这些临时烹制用大木盘载来的混合食物就叫盆菜。杨太后见到这般情形非常感动，亲自召见一批自制盆菜送来的妇人。这些显然是当地优秀妇女的代表，杨太后见这些妇人都上了年纪，就叫身边的宋帝昺和她一起称呼这些妇人为"安人"，并当众夸奖一番。

当地妇人从这天以后就不再是普通身份了，她们不但感到高兴，甚至感到骄傲。当地父老也认为，皇帝和太后都尊称她们为"安人"，她们也确实立了功劳，无形中成了"朝廷命妇"。

后来当地民众把上了年纪有正常家庭生活的妇人，不论有没有制献盆菜，都一律尊称为"安人"，更渐渐成了崖门东岸普遍乡镇和西岸部分居民的俗例。这样称呼的意思是："你发扬了香山、新会妇人的传统，如今有丈夫、儿女，你应该受人尊重，你应该安乐了！"这与宋朝以后历朝对官员妻子的封号有些不同意思。

珠海市斗门区至今仍遵循这条俗例。笔者在家乡（今称珠海市斗门区乾雾镇马山乡）生活时，叫伯娘（父亲的嫂嫂）做"安人"，初学说话时叫"阿人"。我母亲叫我祖母和伯娘都做"安人"。我印象中做了"安人"的妇人显得很有傲气，不叫"安人"是不高兴、不回应的。

"安人"本是宋朝赐予中级官员妻子的封号，高于"孺人"

而低于"宜人"。明、清两朝则用以封赠六品官的妻子，如封其母或祖母，就改称"太安人"。

盆菜现时在澳门也可以买到，主要材料有鸡肉、鸭肉、猪肉、鱼、虾、鳝、冬菇、萝卜、腐竹等，近年加入花胶、鲍鱼等。

近年黑沙等乡村、街区每逢节日常会聚众吃盆菜。既然吃盆菜的俗例已有复兴趋势，我建议澳门人尤其从香山（中山、珠海）西部、崖门两岸来的人家不妨恢复旧俗，今后仍尊称年长的女士为"安人"，借以发扬光荣传统和优良文化。

斗门人邝任生曾任中共澳门工委书记

正如早前本澳报章报道，澳门自从大革命时期开始，就是中国共产党和革命党人开展革命活动的重要基地。中共广东省委利用澳门的特殊环境，建立共产党组织。笔者家乡（珠海市斗门区）的退休干部最近告诉我：其实上世纪三十年代在澳门的中共组织领导人除了众所周知的柯麟、柯平兄弟之外，还有一个较少人知的，就是斗门人邝任生。邝任生曾于1939年8月由中共广东省委调派，从中山县来到澳门，担任中共澳门工作委员会书记，这是广东省和珠海市的历史书都证实的。

邝任生，本名邝觉民，1911年生于中山县八区（即今珠海市斗门区）小濠涌乡田岩村一个侨工的家庭。1928年赴广州，先后就读于知行中学、培正中学，其间逐渐走上革命道路。1930年，邝任生回到小濠涌乡办农民夜校，组织农会，因而被当地国民党当局通缉，被迫离开八区（斗门区）。

1933年春，邝任生在入读广东航海学校之后在校内建立"共产主义同情小组"。1935年，邝任生得知家乡人事改变，于是返乡成立"小濠涌青年社"，同时主编《八区青年》期刊，不少青年在他的影响下走上革命道路。

邝任生1937年抗战前夕加入中国共产党之后，9月20日在小濠涌乡成立党支部，是珠海最早的党支部，邝任生任支部书记。翌年5月，中共中山县委成立，邝任生任青年部部长兼八区民众抗敌御侮后援会副主任，同年秋更兼任中共中山县八区区委书记，任内建立中共八区最早的抗日武装队伍——抗日民众自卫团。1939 年 8 月邝任生调任中共澳门工委书记，至 1940 年 2 月，再调任中共香港工委宣传部长，其间按上级指示，为营救夏衍、周扬等大批地下共产党人和民主人士经澳门安全转移到内地发挥重要作用。1942 年，邝任生改任南、番、中、顺中心县委宣传部长，开展敌后抗战活动。3 月 25 日，邝任生在顺德林头乡主持召开对敌斗争秘密会议时，被赶来扫荡的日军击伤后拘捕。他宁死不屈，拒不透露秘密，牺牲时年仅三十一岁。

邝任生的家乡小濠涌与笔者的家乡马山是近邻。这一带乡村当年在邝任生等革命先驱的影响和帮助下，有十一条大小乡村的农民共一千人组成抗日先锋队，有八条乡共三百多人组成妇女协会，还有自卫队、后援会、大刀会、锄奸队等。从小濠涌乡成立党支部开始，两年间各乡包括斗门墟、大濠涌、南门、马山、南山、乾务等，成立的党支部达十二个，另党小组两个，党员共八十七人。各乡共选派七人赴延安学习。

笔者的家乡马山受邝任生等革命先驱的影响非常大。1941 年 10 月 13 日，在一名由澳门派回去的中共党员策动下，乡自卫队、乡民连同南山乡来支援的自卫队共约二百人发动起义，攻打驻在祠堂和村口碉楼的日军，打死一名从祠堂逃出的日本军医。数日后大批日军从斗门墟赶来报复，屠杀乡民二十多人，烧毁民房七十多间，大批乡民逃离家乡，一部分逃到游击区去，一部分逃到澳门来。笔者在马山中心小学读书时，参加过这场武装起义的乡干部曾来学校讲述这段可歌可泣的历史。

广府话中的"金叵罗"与 "茶博士"源自唐诗

早前《澳门日报》艺海版报道港澳著名商人何鸿燊又一个外孙出生,以"金叵罗"形容这个初生的婴儿。这个词外加引号,使一般读者以为它是粤方言词,其实它是从唐朝中原地方的官话中传到广府,再传来澳门乃至香港的。现有唐朝大诗人孟浩然的一首感怀身世的五言律诗为证:承恩疾忽愈,一弃故人疏。华岳蒙蒙雨,洞庭淼淼波。不如茶博士,羞伍金叵罗。屡被虚名误,今还恋什么!诗中"金叵罗"一词,指黄金造的浅杯,借喻罕贵的人。叵字正读为"颇"音,广府人惯读"波"音。上述五言律诗还出现"茶博士"一词,无独有偶,它也是从唐朝中原地方的官话中传到广府,再传来澳门的。"茶博士"一词最先在文学作品中出现,是在唐朝人封演所著的《封氏闻见记》中。封演述及,陆羽为一名叫李季卿的富人煎茶,李氏叫奴仆拿三十文钱赏他,并当众称他为"煎茶博士"。到了宋朝,"茶博士"这个词已经常用,例如《水浒传》第十八回记载:"宋江便道,茶博士,将两杯茶来。"

据十月初五街六国饭店(茶楼)的几个退休老职工对笔者说,他们在日军侵占广东时,跟随东主谭启和将铺头从广州、佛山迁来澳门。到澳门后,他们依照以往的习惯,将手持"死人头"(铜制大水煲)的老练茶艺师(通常会遥距为客人的茶壶冲开水,滴水不漏),称为茶博士。我国历史上的茶馆,是城镇最大的社交场所，也是最大的信息交流场所，通常茶博士不仅熟悉茶艺，还懂得跟茶客打交道，懂得跟各阶层人士谈论江湖消息，所以传统中茶博士的角色和作用是相当重要的。

在未有普及电视、电台的年代，六国茶楼无疑是澳门承传广府语言、文化的特别重要的基地。据该茶楼的退休老职工说，上世纪三四十年代，包括何贤在内的许多茶客，在与操纯正广府话的茶博士等茶楼职工交谈中都带有不同的乡音，到上世纪五六十年代就基本上普及广府话了。同时，六国茶楼中的广府茶楼常用语，除上述茶博士、死人头外，诸如靓仔蜴住（五碗白饭）、靓仔化妆（白饭加汁）、企堂（前堂服务员）、柜面（收银员）、正柜（会计）等，另有较少用的背语，如"你把遮"（你阿爹）、豆皮陈（银）、士耳狗（酒）、吊礼（仔）等，也逐渐流传到其他茶楼食肆，乃至其他行业和社会领域，并衍生出新的用语。例如赌场按"柜面"的构词方式创出"席面"（派牌职员）；汽车业按"死人头"的构词方式创出"鬼面罩"（车头通风罩）。六国饭店客人为子孙弥月之喜宴客时常常听到的"金叵罗"一词，也广泛流传到社会上去。

可能还有不少人未知，其实在本澳流行的广府话中包含不少唐朝的雅言，除茶博士、金叵罗外还有：嚟（莅）、蚊（文，表示货币单位）等等。所以直到现在，加拿大、美国等国家的许多华侨都将广府话称为"唐话"，把"返回广东"说成是"返唐山"。

纪念陶俊棠老师逝世四十周年

2016 年 6 月 25 日，是本澳上世纪著名教育家陶俊棠逝世四十周年纪念日，文友雨林、沈秉和等，都是陶俊棠门下得意弟子。笔者愧为后辈，未有机会直接听陶老夫子（沈秉和等学兄这样称呼他）的课，然而当年作为中学生，在报章阅读他以笔名庄钝发表的文章后，常会怀着钦敬之情，在校园里他从高三课室回宿舍的必经之路等候，向他讨教古文的疑难问题，每次都得到他十分热诚的解答，因而我对他的印象也非常深刻。

除了教学上的问题之外，在我和年长一辈的校友中谈得最多的是：陶俊棠是上世纪教育界、文化界的情圣。他在这方面的情操也对下辈有很正面的影响。

陶俊棠年轻的时候，俊朗、儒雅，除了古典文学、音韵学、文字学、书法、绘画等功力深厚之外，能跳很悦目的社交舞。他的亲密女友弹得一手好钢琴，两人可谓天生一对。正当谈婚论嫁阶段，他的女友忽然患了不治之症，临终时给他送上一条早已购来准备结婚用的领带。

早在上世纪四十年代起，陶俊棠在澳门广大、濠江两间中学任教的同事和学生已留意到，他每逢其女友去世纪念日总是在没有熨而相当皱的衬衫或夏威夷衫上系上同一条深绿色的领带。一年四季，除了上课之外，他无论去到哪里，从来不说笑，总是独自默默地走自己的路。每天中午他离开白马行街广大中学之后，总是走相当远的路，到新马路附近的安乐餐厅，坐上他初会女友的同一个最靠里面的卡位，然后对着面前他女友坐过的空位，用同样的手势和用具抹干净碗筷，吃同样的一碟焗骨饭。他也总是在随身的银包镶着他女友的相片，这样一直维持到他逝世。

陶俊棠淡泊自持，终生不娶。笔者在上世纪六十年代后期作为濠江中学学生的几年间，亲眼见他的这条领带由深绿色，渐渐变成墨绿色，再渐渐变成暗黑色。他一个人住在高年级的两层高教学楼（今已拆卸重建）天台的斗室中，由于没有人替他洗熨，这条领带不仅陈旧，也是相当皱的，但他始终不离不弃。即使在国内"文革"期间，澳门受内地风气影响而很少人佩戴领带，他仍然经常佩戴它，尤其在女友的忌辰一定从早到晚佩戴。

1976 年 6 月 25 日星期六，陶俊棠独自在宿舍中批改学生的毕业考试卷，直到深夜。他的书桌斜放于床和书柜之间，书桌后是墙角。那时学校没有冷气设施，宿舍里很热，他除了开风扇之外，还照常把门、窗尽量打开。试卷刚批改完了，忽然一阵怪风，从门口吹来，再从窗口出去，把几张考试卷吹落墙角下。他连忙起身去关门，不料回到书桌前一看，原本放在书桌边准备明天早上佩戴的黑领带也在他离开书桌的一瞬间被风吹到墙角下的废纸篓里。陶俊棠想移开书桌，但书桌相当大，而且由于装满了书籍文具很重，已经七十三岁的他无力将书桌搬动。考试卷对于他来说，可以留待翌日叫校工来拾起，但领带是明天早上一定要戴的，因为那一天是他女友的忌辰；何况领带偏偏落在废纸篓中，令他看着倍感伤痛。于是他不顾自己年老力衰而且有心脏病，把整个身体趴在桌上，再伸长右手去拾领带。手不够长，他再向前挪动身体，这样一不留神，整个人顿失重心，倒栽到墙角下，头和颈插进废纸篓中。这是当年师生校工观察现场情形后的推断。

到了星期一下午，一群高年级学生在生物科考试交卷后，走上所在教学楼的天台散步。他们从仍打开的玻璃窗望进小屋，见两条全无动静的腿高高竖在书桌与窗口之间。他们不以为意，走回课室时，见代课监考的许老师收拾考试卷正走出课室。他们对许老师说："天台上一间小屋里有一对假脚，是生物教学用的吗？"许老师感到疑惑，到楼下食堂吃晚饭时，把学生的话告诉厨师。厨师赶上天台，见到陶俊棠已满脸发黑，死去多时，于是报警。

教育工作者为陶俊棠殡殓时，黑领带成了唯一的陪葬品。

多年来，陶俊棠的同事和学生在谈起上述往事时都表示很感动。更有人说，凡是陶老夫子身教言教所及，没有一个是陈世美式的男人；尤其他的男学生与他的女学生结婚，更是恩爱逾恒。

陶俊棠生于1903年。其古典文学、文字学等师承广州名家商承祚。从上世纪起，澳门文化界流传两大情圣，一个是新闻业的陈大白，另一个就是陶俊棠。他们是对爱情坚贞不移的典范。

纪念陈作栋老师逝世五十四周年

澳门在历史上有"诗城"的美誉，由明朝至民国，是澳门诗词创作的鼎盛时期。五四运动后，新诗兴起，传统诗词在澳门相应减少。至上世纪六十年代，日常在报章发表传统诗词的人很少，时任濠江中学语文老师的陈作栋是其中一个。

陈作栋居于妈阁附近，是当年罕有本土成长的诗人，上世纪六十年代前期经常用笔名"老陈"在《澳门日报》新园地发表传统诗词，至 1966 年 5 月 2 日因癌症逝世。稍后新园地发表他的七律《告别读者、文友》，可说是他的代表作：

> 年逾五十未为夭，况复更逢盛世时。
> 独惜台澎犹鬼域，更怀南海见戎旗。
> 十年文字情难已，一旦疲残力不支。
> 愿得丁令归鹤日，山川城廓尽新姿。

诗中"丁令"，即汉朝辽东人丁令威，传说学道于灵虚山，后化鹤回到辽东。

从诗句可见陈作栋一生爱国爱澳，至死仍惦念祖国的统一大业和越南战争的胜负。

既为本土诗人，他的诗词有时也用俚语，但不涉谈风弄月，而常就报章报道的社会现实置评，负起写作人激浊扬清的责任。例如《浣溪沙·捞月及其他》：

闹市居然现色狼，美咕去后佢担纲，单车追逐更猖狂。

生活已然够索气，行街犹自要提防，文明进步是何方？

词中"美咕"即葡文 negro，澳门俗称"黑鬼"。此词贬斥欺凌弱女的歹徒枉作小人，祈求社会文明进步。除了身边的事情之外，陈作栋也很关心国际大事，例如《七绝·读〈人民日报〉社论后赠尼赫鲁》：

统治维持靠造谣，丐求援助善诈娇。

人间苟有良心在，足下良心已报销。

尼赫鲁是上世纪六十年代挥军与我国开战的印度总理。《澳门日报》编者当年为陈作栋绝笔诗所写按语，以"春秋之笔，魑魅震惊"嘉誉陈作栋的诗词，足见中肯。陈作栋平生爱憎分明，一九六四年，我国乒乓球队在前南斯拉夫卢布尔雅那城举行的世界乒乓球锦标赛勇夺五项世界冠军，他喜不自胜，撰《望江南》词曰：

庆连捷，板下几争持。苦战勋劳五虎将，迎风熠耀五星旗。华胄喜扬眉！

陈作栋曾经撰文这样抒发自己的襟抱："我辈生逢盛世，虽暂寓边陲，与祖国人民同进退，随形势而鼓吹。"这是无数亲历祖国由衰而盛的同胞共同的心声，是至今仍启迪我辈心智的暮鼓晨钟。

敬悼谈蕙明老师

上世纪六十年代在濠江中学教我理科的谈蕙明老师以九十六岁高龄于 2021 年 9 月 18 日晚上八时在香港病逝，因新冠疫情关系，葬礼不公开。连日来，尤端阳校长、陈步倩副校长、张兆铨老师等师长校友纷纷在濠江中学校友精英微信群里表达对谈蕙明老师的沉痛哀悼和深切怀念，都认为谈老师是德才兼优、特别值得崇敬的仁厚长者。

据老师们、校友们说，在上世纪五十年代濠江中学开始办高中时，谈蕙明老师就已经随同丈夫王世达从香港来澳门濠江中学，谈蕙明任高年级班主任，王世达任教务主任。那时候在澳门的学校，尤其像濠江中学这样的私立爱国学校，比起香港来说，职薪是很低的。夫妻俩宁愿舍弃香港的教职来澳门濠江中学，完全是为了响应香港新华社的号召，公而忘私，帮助澳门开拓爱国事业，尤其是作为重要基础的教育事业，那时澳门未有新华社和中联办。王、谈两人在上世纪四十年代已经在内地大学（西南联大）加入中国共产党，当年在港澳这样的人才是非常缺少的。像他们一样从香港来澳门做"开荒牛"的人还有《澳门日报》总编辑王家祯、妇联主席谢淑宜、濠江中学教师邱子维等。

现在澳门各行业还有不少名辈曾经是王主任、谈老师教过的学生，例如现任《澳门日报》董事长陆波、前任副总编辑黎胜培、前任副刊主任汤梅笑等都是王、谈两人的得意门生。《澳门日报》已故董事长李成俊、已故副董事长李鹏翥曾经是王、谈两人的同校同事。六十年代中前期，濠江中学因为有陶俊棠、林朗、陈作栋、邱子维、张兆铨等优秀教师，所以文科在全澳有优势；又因为有王世达、谈蕙明、郑仕元、康秀玲等优秀教师，所以数理科在全澳也有优势，为内地大学和澳门爱国机构、社团培养了许多优质、实干的人才。

据说，在1966年，谈老师曾经告诫她的学生不要因为参加社会活动而缺席课堂，当时正值国内"文革"进行得如火如荼，有些学生可能受影响而显得激进，便在校内张贴大字报（我没有读过该大字报，不知道是谁写的），批评谈老师挫伤学生参加社会活动的积极性，这也很自然地影响王主任。当时亦有贴大字报表示支持谈老师的学生，其中一个就是师姐汤梅笑。那时候杜岚校长表现得很开明，她在周会堂对师生说：在澳门，没有必要也不适宜像内地一样搞"三大"（大字报、大辩论、大串联）。到1967年，王主任和谈老师离开工作了十多年的濠江中学，转到设于河边新街《澳门日报》社址二楼的绿邨电台广播组工作。我在1968年6月从濠江中学毕业后受聘于广播组文艺小组。当时文艺小组组长是谈蕙明，王世达是大组副组长，李鹏翥是大组组长。谈蕙明除了理化专业之外，也通中文写作，曾经在《澳门日报》副刊发表长诗。直至1968年冬天，王、谈离开广播组返回香港爱国学校任教。王世达于四年前病逝。

我和谈老师在一起工作时，经常得到谈老师耳提面命，获益良多。她令我印象最深刻的一段训话是：对领导讲的话必定要是对方需要听的话，在工作中不可只讲但求领导喜欢听而不是需要听的话，否则一层层地传上去，就可能令高层领导对局势、对事故误判，引致严重后果。

承传东望洋山的文化底蕴

据报章报道，东望洋山在今年 7 月起逢星期六、星期日向公众全面开放。此举无疑是继民政总署开放隧道，教会开放雪地殿之后又一项惠民措施，必将有助于承传东望洋山丰富而悠久的文化底蕴，让内地游客了解其中文化底蕴更是别具意义。

东望洋山是澳门半岛最高的山岗，东望九洲洋，海拔 93 米，是澳门地区地理坐标的标志点。古时候从西向东看，文人雅士觉得它形似瑶琴，所以又称它为琴山。它与西望洋山隔着城区遥相对峙，从海上远望似陆上的一度门，所以这个原本称为香山岙（澳）的地方现在惯常叫澳门。

1622 年，近千名荷兰人乘坐多艘战船来犯，被击败后，其头领被俘。他后来带领一同被俘的下属为澳门筑城墙并开发东望洋山。至今东望洋山的西南面支脉若宪山（仁伯爵医院所在）仍残存部分夯土而成的旧城墙。

十九世纪，山上遍植马尾松，从此它有万松岭、松山等别称。二十世纪七十年代，环山马路以上本来是军事禁区的范围，随着葡兵撤离而向公众开放。二十世纪八十年代，害虫松突圆蚧在澳门地区肆虐，引致山上大片松林枯萎。1992 年，澳门楹联学会等八个团体组成"澳门八景评议会"，将东望洋山列入"澳门八景"，称为"灯塔松涛"。

望洋山的炮台，始建于 1637 年至 1638 年之间。为配合炮台，山上还建了很长的军事隧道，昔日可通往陆军俱乐部、大炮台和得胜花园。建造隧道和堡垒用的大量水泥，是当时由英国人在青洲经营的水泥厂（清朝光绪十二年在中国领土最早开办的水泥厂）供应的。隧道附设了望台、指挥所、电话站、军人营房、通讯室和餐厅，供来自莫桑比克、安哥拉等葡国殖民地的士兵使用。现在山顶部分隧道由民政总署管理。

明朝万历初年，有一群葡萄牙人乘多艘商船航海东来，在澳门南面的鸡颈山附近海面遇上夜雾和风浪而迷失方向，几乎搁浅。他们见周围许多海岛，不知哪一个是澳门。正在惶恐中，忽然见到北面一座山上发出闪闪亮光，葡人相信是芝也圣母显灵，果然，他们朝这个方向划船就到了澳门。葡人为了酬答神恩，1626 年在东望洋山顶建成圣母雪地殿。到了 1864 年，葡人在这座小教堂旁边建成灯塔，用来代替圣母显灵的光，引导船只驶来澳门港口（南湾港）。

这座小教堂称为圣母雪地殿，自另一个传说：某年的 8 月 5 日，欧洲贵族若望在梦中接到圣母指示，要在当时盛夏中将一座教堂建于尼斯奎林山积雪的地点。当时的教宗黎贝留依照这指示建成教堂，称为圣母雪地殿，并将每年 8 月 5 日定为"圣母雪地殿祝圣纪念日"。澳门这座圣母雪地殿向来由望德堂神父管理，内部陈设保留十七世纪葡国隐修院的特色，地下和墙内按古罗马教的习例葬有几个神父的骸骨。除设有圣母像、祭台之外，1996 年教堂修葺时，发现拱形天花和内墙有大片手绘壁画，以圣经故事和人物为题材，运用中国画技法绘成。这座圣母雪地殿亦定每年 8 月 5 日为主保日，它旁边那已逾 300 年历史的古钟，每年这一天发出浑厚的钟声。

东望洋灯塔由土生葡人加路士·维森特·罗扎设计，1865年 9 月 24 日建成，初时靠木轮旋转，靠火水灯放光，是远东地区最早的现代化灯塔。1874 年（夏历甲戌年九月二十二日）

澳门地区遭受历史上最严重的风灾，灯塔受损，重修后于1910年6月29日重新启用并开始用电运作。它高14米，白塔红顶，射灯由一名法国工程师设计制造，灯的外围由8面棱镜构成，共有14排折光薄片，中间一盏1000烛光的大灯泡，约有1尺高，经棱镜折射，光柱以大约1分钟3周的速度作逆时针方向转动，射程达45公里，透过玻璃射向东、南、西三个方向的海面，北面是不透光的铁门。它与葡国西岸洛加角（Cabo Roca，欧洲大陆西端）的灯塔有同样特征。

2005年，东望洋山获联合国列入世界文化遗产名录，现在它是澳门历史城区的一个组成部分。2017年，澳门社会科学学会和澳门城市大学联合举办"澳门城市文化名片评选"，由公众投票将松山选入"十大名片"之列。

游人，尤其是内地来的游客，不要小看这个小山岗！它有两大看点：一、从山上到山下，它有中国最早期用上水泥建筑的隧道、炮台等军事防御工事；二、东望洋灯塔是中国土地上最早期的现代化机械和电动机。笔者游览东望洋山时感慨万千：假使中国内地在十七世纪时就开始引入建筑东望洋山军事防御工事的材料、器械和技术，在十九世纪中期就引入东望洋山设置机械、电动机的概念和技术，并在全国推行科学发展观，不但万余洋兵打败拥兵数十万的清朝那段鸦片战争历史要改写，面积比中国小得多的日本更不会长驱直入打进来。

从自杀者想到非理性赌博的防治

　　某日中午，笔者驾车到南湾柏湖停车场停泊后，刚步出停车场电梯口，瞥见一个面容憔悴、神情哀伤的女子，大约四十余岁，呆坐在柱子间的长墩上。这时我便猜想她可能是在附近赌败的。三个多小时后，我回来取车，仍见一头乱发的她，脸色显得更加苍白，斜靠在长墩和柱子间，双目半闭，双手将手袋压在肚子上。我觉得诧异，便上前问她吃了午饭没有，她只"唔……"一声，睁开眼没有回答我。我想她可能连午饭甚至早餐都没有吃，便将手中原本用来付泊车费的一张二十元纸币递给她，叫她去买面包吃。她接过我的纸币，拉开手袋和手袋里银包的拉链，把纸币放进去，这时我清楚地看到，银包里已全无纸币，只有几个一毫至一元的硬币。多年传媒工作养成的"新闻触角"，促使我耐心地向她询问。花了不少工夫，我从她吞吞吐吐的答话中，知道她因为家事烦扰，为逃避抑郁、压力、恐惧等心理问题，从内地来到澳门，错误地把赌博作为自我心理"治疗"的办法，很快染上赌瘾。过了几天，她带来的几万元只剩下几百块钱。由于太疲倦，她倒卧在一处花圃旁的椅子上睡着了，醒来后连手袋里的几百元也不翼而飞了。赌场的人叫她向驻赌场的警察报案，警察说她没有证据，不肯受理。这样她连吃饭的钱也没有，更遑论回乡的路费。我提议她去向警局求助，她匆匆去买面包，我就不便跟她多说。

　　翌日下午，我驾车经过欧华利前地附近的红绿灯前短暂停下，又望见这个女子。她背靠柱墩坐在地上，把头半埋在双膝和双掌中，走过她身边的人没有理会她。她向警局求助了没有？我不知道。

第三天，我再到柏湖停车场泊车，经过电梯口，再也见不到她。

第四天，我清早翻开报纸，见到一段新闻：水警和消防员从南湾湖捞起一具女尸，从文字和图片显示的年龄、头发、衣着等特征，我知道一定是她。她必定是因为走投无路而自杀了！看她这般年纪，通常还有年老的父母和年幼的子女，他们又怎么办呢？真是不堪设想！

澳门专业戒烟辅导学会负责人玛塔（葡文音译）女士日前在葡文报呼吁：澳门市民和政府要重视非理性赌博和赌博成瘾引致的社会问题，及早设立完善的机制加以防治，加以救援。我觉得她的话真是有的放矢，切中时弊。

我不是存心反对博彩业的存在和发展。但是，我去过葡国、美国、新加坡等国的赌场了解，这些国家都是先制定一系列完善的社会福利政策，包括防治非理性赌博的机制，例如对输光钱的人如何救助，以避免引致个人和家庭的惨剧，然后再经有关地方居民投票通过，才实施建立博彩业的计划。澳门不是这样，所以澳门在这方面有不少范畴需要补救。

毋庸讳言，赌博成瘾会带来诸多恶果，主要有：一、成瘾者有沉重的罪咎感，不利与人沟通；二、成瘾者获亲友和社会接受和援助的程度低；三、成瘾者在向外求助的时候，往往已经债台高筑。这样赌博成瘾者就特别需要政府援助和指导的机制。

生理学的研究结果显示，成瘾者不论赌博或吸毒都刺激大脑同一片区域，产生同类的生理反应，引发相同的激素。所以，防治非理性赌博，应该像防治吸毒之害一般得到当局和市民的高度重视。

逸园留给娱乐业的有益教训

位于白朗古将军大马路的逸园跑狗场从 2018 年 3 月 26 日起关闭了。笔者偶尔走过它的门口，眼见人去楼空，重门深锁，回想五十多年前这里的繁盛和热闹，心中不胜沧桑之慨！

逸园跑狗场创立于 1962 年，它的名称和一些体制是从上海传来的。最初几年，每逢周六、周日跑狗的晚上，跑狗场内外衣香鬓影，客似云来，大部分进场的是手持港澳报纸狗经版的香港客，尤逸园跑狗场外观其香港马会歇暑期间，跑狗场一带几条街都泊满的士和私家车，人声鼎沸。那期间，十三岁的笔者曾经在狗场内做童工，负责卖汽水，每周做两晚，月薪六十元，收入算是不俗。那时不少社会名人都做了"狗主"，记得何贤时任名义上的总经理，他名下的一只格力狗叫"社会福利"。

逸园跑狗场为何在开业十多年后由盛转衰？坊间众说纷纭。笔者认为，其中比较重要的原因，是受"蛊惑狗"所累。那时笔者的不少斗门乡亲，都凭着斗门荔枝山名辈黄子雅（何贤保镖）、黄森等人的关系，进入逸园做狗夫。据其中一个资深狗夫康叔对笔者说，所谓"蛊惑狗"，就是在香港的外围赌狗集团，"买通"狗房中人，给格力狗喂饲由外围集团提供的药丸。如此使用的药丸有两种，一种是使狗吃后异常兴奋、生猛，专供冷门狗吃后"爆冷"跑出的；另一种是使狗吃后异常疲软，专供热门狗吃后"倒灶"的。初期，受贿的狗房中人只要将药丸藏在头发中，经保安员搜身后，就可以入房将药丸混在饲料中喂狗。自从接连发生"爆冷"或"倒灶"之后，保安员连入房职员的头发都搜遍。然而，所谓道高一尺，魔高一丈，外围赌狗集团教唆狗房中人将药丸藏在舌头下，即使保安员连舌底都查看，受贿者甚至可以由自己临时将药丸吞下肚里。药丸很小，用薄膜包裹，只要不用牙咬碎，对身体伤害不大。记得六十年代中期，有一只"狗王"，名叫"神行太保"，原本每次出场，必跑第一，每逢牵着它出跑道亮相，就会引致全场狗迷轰动。谁知有一晚，"神行太保"出闸才跑了几步，竟背着电兔往回踱步，气得它的众多拥趸咬牙切齿。从此，进场狗迷显著减少。

后来，逸园改由澳门旅游娱乐有限公司经营，在严格管理之下，"蛊惑狗"再无发生，经营状况有所好转，但仍难复当年的盛况。逸园盛衰乃至歇业的过程，充分说明声誉对于一个法人，一家企业是多么重要！声誉受破坏，有时很易，但要完全恢复就难了。澳门回归二十年以来，各娱乐博彩企业虽然都能保持良好的声誉，然而，汲取逸园跑狗场有益的教训，防患于未然，无疑是有必要的。

莲埠庭审亲历记

十多年前，笔者应亲戚陈伯的要求，到莲花埠法庭为他在一桩民事案庭审做证人。庭审安排在下午三时半开始，陈伯叫笔者当日下午一时在法庭所在大厦对面一家酒楼门口集合，几个亲戚朋友一起用膳，同时商量一下。一时正，我们几个人在酒楼门口齐集，这时陈伯忽然想起，争讼对方的人也可能在这家酒楼午膳，如果我们和他们相遇会很尴尬。于是陈伯就带我们去距离法庭较远的一家火锅酒家去。

午膳后，大约下午三时，陈伯领着我们离开贵宾房，走向楼梯口，准备前往法庭。就在我们行经另一间较近楼梯口的贵宾房时，刚巧遇到陈伯所聘的代理律师 C 某一个人从这间贵宾房出来。C 律师见到陈伯和我们几个人，第一反应是趁我们未留意退回贵宾房内，然而这不行，陈伯高声叫住他，于是他唯有强作镇定向前行。陈伯想跟 C 律师谈话，但 C 律师加快脚步走向楼梯，陈伯追不上，只好停下来，站在较远处注视刚才所见那个贵宾房的门口，过了约三分钟，见到争讼对方的律师 G 某和他的助手（实习律师）步出门来，都一声不响，面无表情地沿楼梯走了，不知两人是否见到我们。这时陈伯领着我们几个亲友也沿楼梯下去，陈伯一边走路一边说，相信过几分钟后从那间贵宾房出来的可能是争讼对方的人，为免尴尬不看了。

在等候开庭的时候，陈伯找到 C 律师。C 律师看来有了心理准备，他说本埠地方小，行头窄，全行律师都是互相熟悉的，相约一起谈话、吃饭是平常事。他叫陈伯尽管放心，他会尽力打好这场官司。

开庭的时候，笔者基于对此案庭审过程的特别兴趣，见争讼对方的一个男性中年证人和两个大学法律系研究生随众人进庭，便也跟着进去。庭上的书记走来要赶我出去，我不走，理由是对方的一个证人也同样在观众席上。这时有人示意法官正在进来，所有人必须肃立，于是那个书记也走回座位上肃立。

进来的法官是个葡人，看来他跟争讼双方的代理律师都很熟悉，他们三人互相用葡语谈了一番话之后，审讯正式开始。法官首先叫陈伯走到面前讲话，笔者最初以为让陈伯首先讲话是法庭对他的重视，后来才知完全不是这样，因为陈伯被限制在法官和两个律师提问的范围讲话。法官大致上只问他一些闲话，比如做过什么职业等。当陈伯试图讲一些与案情有关的、较重要的内容时，总是被法官和两个律师出言制止。其中一次，陈伯表示曾经交了一张金额特大的支票给争讼对方，而今对方不认账，但他已从银行取得对方凭该支票签名提款的证明文件，正本已交给 C 律师，要求代为呈交法庭，现在他手上有影印本，可以即时呈上法官看。陈伯的话未完就被两个律师出言制止。其中 C 律师大概一时想不出什么话，稍顿一顿，问："你在公司有没有用微波炉？"当陈伯正说："公司的微波炉……"没等陈伯说下去，法官就饬令他退下，说他的话与诉讼案无关。陈伯还想向法官呈上他认为最重要的一张纸，法官在他被拉回观众席时说：所有证物和文件，必须由代理律师才可以上交给法庭，至今法庭未收到陈伯一方任何证物。在中场休息的几分钟里，陈伯向 C 律师问起早前交给他的证物，C律师说已经说过代转法庭，不想再说，但他无法出示法庭的收据。

在下半场，法庭职员叫与笔者同坐观众席的对方男性中年证人走到面前讲话。这证人遇到的情形与其他证人大不相同，其他证人只讲一次，平均只能讲三至五分钟，这个证人却可以讲两次，每次讲二十多分钟。他看来早已受过"特训"，大肆指责陈伯犯了种种的"罪"，陈伯听了异常激动，在座位上举手、做手势，想表示自己被冤枉。法官见了，愤怒地警告说：如果陈伯还是这样，就会立即被驱逐出法庭。最后被叫名走到面前讲话的一人是争讼对方的主控者，他向法官长时间讲述陈伯更多的"罪"，包括刚才作假口供。情绪激动的陈伯才稍为站起一半，就被法官驱逐出庭外去。

到下午接近六时半，包括笔者在内大部分陈伯一方的证人还未有机会讲话，法官就宣布是日审讯完毕，退庭。陈伯指望由他用几十万元聘请的C律师替他鸣冤、申辩，但C律师没有替他说过一句有用的话。

到下一次庭审，C律师将笔者和其他两个最有文化和社会声望的证人排除在证人名单外，说法官批评证人太多。这桩案正如大家所料是陈伯一方最终输了。C律师和他的助手先是怂恿陈伯再委托他们代理上诉，说对上诉很有把握打赢。听陈伯说没有钱上诉之后，C律师又说败诉只因为陈伯一方"得罪"法官，与他无关，叫陈伯表示同意这一讲法才让陈伯离开。看来陈伯也很怕C律师，怕C律师会向法庭控告他讲错话。我这一次出席庭审，与我在电影、小说中感受的印象截然不同，真是眼界大开！

葛多华——记者和市民的好朋友

上世纪七十至八十年代在士多纽拜斯大马路治安警察厅总部（现已改为交通厅总部）先后任交通科主任、警务主任的葛多华先生，以八十三岁高龄于今年 4 月 17 日辞世。笔者在报章见到讣告，伤感之余，悠然想起当年他与包括笔者在内的一群报社记者交往、互动的情景。

自 1976 年起，笔者作为《华侨报》记者，每日下午四时后必然"跑"去镜湖医院、消防局，然后到警察厅。一起"跑"的通常还有《澳门日报》采访主任陈源森（他懂些葡文，所以行家常称他"Chefe 陈"）、《大众报》记者唐玉华、《市民日报》记者麦用广等。那年代澳门社会结构简单，只有大约二十万人口，社团总数大致上还不及现在的百分之一，所以我们都经常为没有找到新闻而发愁。作为担任警队最高职位的本地人（土生葡裔人），葛多华似乎颇知我们的苦衷。有一天，当我们"跑"到警厅"攞料"时，见当值交警正架起二郎腿看电视看得出神，心里都已凉了一截。这时葛多华从办公室走出来，他用流利的粤语问我们："街上车都唔多，好耐冇交通意外啰，你哋想攞咩料？"然后他主动邀记者们入内，再命人将上任不久的第一批女性交通警察（也是警察厅第一批女警）其中几个当更的叫来，接受我们的访问，这样我们这一天才不至于"食白果"。

这些女警的名单、培训过程等现在没有必要提了，倒是有一桩趣事从来未写过：其中一个长得特别漂亮的年轻女交警，被安排到南湾街（现称南湾大马路）、殷皇子马路和新马路之间的十字路口一个圆墩上指挥交通，成为街道上一道"风景线"，于是引起许多男子汉驾车故意"兜"去那里，而且驶近她时故意放慢车速看她，有人甚至停车等候看大风吹起她的裙子；一家葡文周报更将这情形绘成漫画，引起街谈巷议。这个女警不久就嫁人离职了，一两年之后，其他女交警也纷纷转行（大部分转到其他政府机构做稽查员等职位）。葛多华对记者慨叹："好多心机先至培训好呢几个'警花'，真可惜啊！"但后来各部门女警逐渐多起来，队伍也逐渐稳定下来，这里有葛多华许多"心机"的成效。

上世纪六十年代经过"一二·三"事件之后，平民与公务员、华人与葡人（包括土生葡裔人）、记者与官员之间的关系变得疏离，甚至有互相仇视的现象，葛多华在改善这种不良现象方面起了很大的作用。我们这群同线记者都有同感，就是认为葛多华既为官清廉，又处事灵活，勇于办实事。

一个从内地来澳正要申领澳门身份证却不慎遗失内地出境证的年轻男子委托他的姨妈来找我，说警察抓了这男子，怀疑他是偷渡来的，快要递解返内地了，要求我念在乡里情分设法救援。我说我没有这能耐，叫她去找时任警务主任的葛多华申诉。她问要不要送礼，我说不要。她果然去对葛多华说是我介绍她来的，葛多华很有耐性地通过传呼机 call 我，我在电话中讲了几分钟话，葛多华也很耐心地倾听。后来递解令延期执行，到内地当局有关文件送达就把被怀疑偷渡的那男子放了。

葛多华这种与华人友善相处，不要官腔，不逞官威的作风当年对警界影响深远。别的不说，单说那时来自葡国到本澳当警务主任的高树维受他的影响就很大。军人出身的高树维七十年代末期在葛多华协助下最早办起全澳交通安全标语口号公开比赛，邀请教车师傅、巴士司机、的士司机等行业的社团代表出任评判，评出冠军作品是"人车礼让，安全至上"，在本澳使用多年。这是葡人与华人、政府与市民恢复友好互动的新一页。高树维任满返回葡国后，于九十年代崔护重来，任韦奇立总督内阁的传播旅游暨文化政务司，仍秉承这种主要由葛多华倡导的亲和作风。

葛多华生前居住交通警察厅对面的楼宇，与我的住处接近。数月前他坐轮椅在街边与我相遇时，仍认得我，与我握手寒暄。如此重情念旧的官员，殊属罕贵！

为什么茶客要揭盅才有茶博士来冲水

上世纪中期，本澳茶楼业进入全盛期。茶楼、茶居里的客人一般用焗盅沏茶，然后斟落茶杯，或者直接把焗盅凑到嘴边轻啜，让茶液在口腔内回甘生香。

用焗盅沏茶，无论冲水的人或饮茶的人，都讲究传统和技巧。当客人点了茶后，茶博士便到茶柜取一小兜茶叶，放进焗盅内，拈到客人面前，揭起焗盅盖，让客人看清楚所要的茶并无弄错，再将手上所挽的水煲（俗称"死人头"）高高提起，将沸水注入焗盅内，然后将盖盖上。少顷，茶客便可将新沏好的香茗斟在茶杯内品尝。

当客人将焗盅内的茶液饮光后，可将焗盅盖揭起，搁在台面上。此时，茶博士便会上前为客人添水。如果客人不将焗盅盖揭起，茶博士是不会上前添水的。

为什么有如此规矩？原来从前有这么一段故事：有一位扭计师爷，想学陈梦吉玩弄小聪明，故意"装弹弓"去敲诈。

客人将一只带来的小鸟，暗中放在一个未灌入茶水的焗盅内，并将盖子盖上。

茶博士不知有诈，按照当时的工作习惯，自动上前斟水。不料当茶博士将焗盅盖揭起时，困在里面的小鸟立即振翅高飞，越窗而出。

小鸟飞走后，茶客"发烂渣"，指茶博士放走他心爱的金丝雀，价值千元，一定要赔。茶博士认为替客人斟水是分内事，不允赔偿。争拗结果，茶楼老板为怕吵闹起来吓走贵客，唯有讲和，于是难免受损失，这个茶客不肯付账还得到赔款。从此之后，茶博士不再随便替客人揭茶盅盖添水。客人要冲水，自己须将盅盖揭起。这样，揭开盅盖代表叫人冲水，变为不成文惯例，一直传到现在。

不少茶博士冲水都有好技术，例如把水煲高高提起，把滚热的水注入茶壶或茶盅内，有如长条形瀑布，看似惊险，却百发百中，滴水不会溢出，真是神乎其技！甚至"反手""勾手"斟水亦颇常见。

2007 年采录于澳门。讲述者龚文，《市民日报》社长，今已故。

我为深圳公园撰的楹联

笔者于上月 29 日应深圳市著名旅游胜地荔枝公园透过总部设在深圳的中华海内外楹联书画家协会发出的邀聘，到该公园与其他近年在中华海内外楹联创作比赛中获奖团体的主要成员一起，参与为各景点现有亭台楼阁楹联进行重新评审工作。经过严格细致的集体评审，公园管理处主任郭德银和包括来自深圳的高寿荃、广西的郭君禧、香港的陈锡波在内的评审者一致认为：公园内现有部分楹联值得欣赏，但亦有部分楹联在格律、内容和艺术水平等方面不符合现时要求而需要撤换。其中园内笠亭和红林阁两处楹联撤下，指定由笔者重新撰写。

笔者当日为笠亭和红林阁分别撰写了新楹联，至 4 月 1 日，接获荔枝公园透过中华海内外楹联书画家协会的通知，表示正式接纳、采用，但要求笔者详细解释所撰两副楹联的含义、艺术手法和有关资料。笔者为笠亭撰写的新楹联是：

笠小常知风冷暖；
亭偏惯见景幽明。

笠亭外形小而尖顶，略似竹笠（惠州一带农村妇女外出时常戴的一种竹编的、围上花布边的传统式竹帽），位处公园较偏僻处。这副楹联基本上反映、切合上述实物的特点。

据惠州民间传说，北宋大文豪苏东坡在谪居惠州期间（公元 1094 至 1097 年），见爱妾王朝云天天为他莳花刈草，粉面受到太阳照射，深感爱怜，于是为她创制这种竹帽。初时这种竹帽的顶部有圆孔让王朝云的发髻突出帽外，传至现时，惠州一带妇女仍喜欢戴这种竹帽，但因应一般妇女已不再束髻，所以现时的笠是有尖顶的。上述楹联隐喻这个民间故事：苏东坡被贬谪之后，官小了，反而能够经常知悉朝政对于民间的影响，比那些身处朝中的大官更明白民间疾苦。他秉性豁达，虽然身在偏远之地，对于仕途的顺逆，时局的阴暗和光明仍能处变不惊，泰然自若。

深圳古时候属惠州所辖，而公园以荔枝为名，苏东坡曾以诗咏惠州荔枝。这样，笠亭、荔枝与苏东坡就很有宿缘了。

为红林阁撰写的新楹联是：

红花旭日明新社；
翠叶春烟雅故林。

红棉、旭日、新社（近年在阁内设立的艺术团体办事处和教学场所）、翠叶、春烟（春雾）、故林（历史悠久的园林），都是切时切地的白描。上联的"明"和下联的"雅"，都是形容词作动词用（使动用法），正如古汉语"既来之，则安之"的"安"和宋诗"春风又绿江南岸"的"绿"一样。"明新社"就是"使新设立的艺术团体办事处更显形象鲜明"。此处更深一层意思是："良好的环境和政策使这些艺术团体、艺术人才更加前景光明"，"雅故林"就是"使这个历史悠久的园林更加优雅可爱"。至于是谁使之如此，当然就是自然界的翠叶春烟，或者是像翠叶春烟似的市民大众的露天艺术活动，总之是一派朝气蓬勃的氛围。

就格律和艺术手法而言，这两副楹联是工对，前者以鹤顶格嵌"笠亭"二字，后者以魁斗格嵌"红林"二字，以应装点景物的需要。

深圳荔枝公园管理处表示，已在聘请专家誊写、雕刻、镶挂这两副首次由澳门人撰写的楹联。笔者希望这样一来能够增添港澳台以及海内外游客游览这座公园的雅趣。

"达则兼济天下"——记我的邻居满叔

笔者早前参观濠江中学校史室，在人丛中第一眼看见展板上一个慈眉善目的男士，觉得很面善，仔细一想，原来他是我昔年的邻居满叔。

满叔就是陈满医生，上世纪八十年代我搬到塔石球场（今为广场）旁边东曦阁十二楼居住时，他住十楼。

有一次我乘电梯下楼，电梯门刚开，见到满叔正在电梯门前走廊和一对男女谈话。满叔认得那女的是小学教师，就上前主动地叫她"李老师"。李老师也热情地称呼他"陈医生"。这时与李老师同行的男士笑着说："哈，人家是长辈，还叫你'师'，你是晚辈，怎么反而叫人'生'呢！我看你还是叫'陈医师'好！"还未等李老师回应，满叔就相当认真地说："不，不！我不是医师，叫我医生好，叫我满叔更好！"大概由于这一回事，从此大家都习惯地叫他"满叔"了。从这样的日常小事，我们同楼的人就已经感觉到满叔特有的个性：他从来不以大人物自居，然而他实在不仅是杏林巨擘，而且早在上世纪五十年代初，已经是社会名人、爱国者先驱。

1950 年 3 月 8 日，爱国进步期刊《新园地》面世，满叔是主力创办人。至 1958 年 8 月 15 日，《新园地》变身为《澳门日报》，至今《澳门日报》副刊仍设"新园地"版。因此，正如《澳门日报》董事长李成俊生前所说，满叔不愧为《澳门日报》重要的奠基人。然而满叔从来没有以此自居。

1950 年，满叔出任濠江中学校董会董事长。在任约四年间，校董会扩大，中学部扩迁至亚马喇马路 5 号。1952 年兴办简易师范班，翌年创办高中部。学校在艰难岁月中取得的重大成就和发展，当中有满叔不可磨灭的功劳。然而满叔从来没有以功劳自诩。

无论在报界还是教育界，当在艰难情况下需要勇于承担，勇于开拓的人时，满叔当仁不让，挺身而出；但当局势转好，有更适当的领头人时，满叔就欣然退下。我们都知道，在上世纪五十年代初，做爱国进步事业的领头人，不但没有利益，还可能有严重的风险，因为那时各种不同势力在澳门紧张对峙，情况非常复杂。所以我不止一次听前辈说出肺腑之言：那年代爱国，就毋庸置疑是真的爱国！到 1966 年以后，当轰轰烈烈的社会活动到处竞相勃发时，满叔显得是一个很平静、很普通的人。他使我想起一个名人的词句："俏也不争春，只把春来报。待到山花烂漫时，她在丛中笑。"

除了本身的个性修养之外，满叔的人格魅力对亲友尤其后辈的感召和熏陶也很值得记述。上世纪六十年代初，有一个来自斗门小濠涌乡姓邝绰号"Lock 仔洪"的男人，年近五十，与我母亲同乡同姓，因此我叫他"洪舅"。他在没有事情做的时候偶尔找我闲聊。他说，多年来有几天他真的完全没有讲粗口，因为他去了新马路陈满医务所。他照例叫陈满做"满叔"。

满叔原籍新会，一口新会话到老不改。满叔听洪舅说的斗门话很像是新会话（斗门本土居民原本是新会人），也不问他来自哪条乡，就爽直地叫他"乡里"。到要付五元诊金的一瞬间，洪舅把几个裤袋掏遍，脸上显得很难为情。这时满叔笑呵呵地说："大家乡里，唔驶钱啰！"接着，满叔从自己的口袋中掏出七元递给洪舅，还是笑呵呵地说："绘（新会话即'这'）

两日系粮尾呀，拎去驶住先喇！"就是在这种情形下，洪舅在吃满叔给的药这几天基本上没有照以往习惯讲粗口。

上世纪九十年代，满叔的妻子（众人称她满婶）长期患慢性病，她不忍心见满叔因为时刻在身边照顾她而既劳累又不能外出。一天，满婶趁满叔因为累极而睡着了，她走到向沙嘉都喇街的后露台，几次想跳下去都因为顾虑压中途经的行人或车辆而踌躇不决。最后，她趁下午三时来往的人和车都很少，先将一些塑胶物件抛下地面，看看确实再无人和车经过，才越过栏杆跳下自尽。满婶的丧事办完后，满叔虽然在后辈劝解下离开伤心地到别处住，然而不多久他也悄然离开人世。我常听同楼的长辈们谈及这件事时，都赞叹满叔、满婶不但鹣鲽情深，而且一生竞相做好人。

满叔的一生，体现了《孟子》所载"穷则独善其身，达则兼济天下"这样的儒家道德思想。我想，作为一个医生也好，一个社团、机构的领袖也好，甚至是一个普通的爱国者也好，我们首先应该有这样的善人、仁人的情愫。

日常生活中的斯文败类

在笔者所住的高层楼宇中，有个四十余岁的文身男人，平日凶神恶煞。同楼多个老友对我说，认识他三十多年，知道他连中学也读不成，十多岁就加入一个非法组织，在该组织投得一张看守"娱乐场"贵宾厅的合约之后，获聘为打手（保安员）。日前，我告诫我的亲友不要和这个男人相处、交谈，怀疑他可能是坏人。不知是谁把我的话泄露给他知道，引致他每次在走廊见到我都怒容满面，自言自语地骂我。一天，我又在地面走廊遇到他，我才望一望他牵着的狗，他就乘机骂我："望乜嘢呀！"

我和同楼老友谈起这回事，老友们却说，这只是一个没有文化修养的人在心情不好（正在放无薪假）的时候自曝其丑，他这样反而不会骗人，因为大家容易看出他是坏人，都不会亲近他，相信他；比较起来，那些表面斯文，内心狡诈的人，为害会更大，更难防御。

老友说的是同楼那个六十多岁的肥佬。据我了解，几年前本大厦业主联谊会开会时，肥佬和一个女人进入会场，马上制止主持会议的当任会长老赵所言，声称老赵已经做了会长四年，应该休息，换人，和肥佬一同进场的那个女人乘机建议由肥佬做新一届会长，说他退休后"好得闲"。业主联谊会一向规定会长是没有薪酬的，所以在场小业主包括当任会长老赵都没有争论谁该任新会长。肥佬于是走到主持会议的位置上讲话。他说，业主联谊会要改制，当任会长在新一届人事架构中要改任监事长，他任会长满两年任期后亦将转任监事长，再由原监事长转任会长，如此轮流做"庄"才比较"合理"。

肥佬很轻易地"政变"成功，他当会长后不到一年，就宣布业主联谊会又改制，监事会撤销，会长改称大厦管理委员会主席，他委任她的媳妇（即前述那个女人）为其中一个委员兼"会计出纳"，主席和委员虽无薪酬，但"会计出纳"每月领薪九千八百元。日夜两更管理员由肥佬选人担任，其中日更管理员负责每月收各单位的管理费，并负责记账。这样所谓"会计出纳"实际上平日是没有什么工作的，她只需每月花两三个钟头查数、填表（每月基本上是同样的），最重要的是，她和肥佬两人签名，就可以肆意提取大厦管理委员会的银行存款。

"政变"一年后，巧立名目的大规模"掠水"行为展开了：一是各层楼各单位的管理月费大幅度增加，我的住宅单位月费由九百多元增加到二千元；二是大量增加收费名目，新收费名目包括设备维修基金、电梯保养基金、意外保险基金、节日装饰基金等等；三是大量添置、更换设施，添置的包括管理处和公用走廊的冷气机、电眼等，更换的包括电梯、电闸、墙壁和地面的瓷片、云石等。这些设施的添置、更换，每次都强制各户集资，而价格出奇地贵。前任业主联谊会会长老赵曾私下告诉我，他当会长之初，曾向相熟的电梯公司老板问价，该公司老板在静处单独对他说："十六层大厦每部电梯我实收四十四万元，公开报价同埋界你嘅收据写四十九万八千元。你满意就签名！"这宗交易就因为那时前任会长老赵良心上过不去而告吹。

和我同楼的老友包括老赵私下对我说，若论本大厦为害最大的斯文败类，还不是肥佬：有一个三十多岁比肥佬更斯文的男人阿陈，见邻居一对年轻夫妻吵架，就偕同他的妻子阿芳将吵架夫妻中的妻子阿翠招呼到他们的家中，极力怂恿阿翠趁其丈夫阿黄的父母不久前相继死去，遗下大量财产给阿黄，就和阿黄离婚，以便夺取黄家巨额财产的一半，将来可以另外嫁人。经阿陈夫妇介绍，阿翠暗中光顾南湾湖西面高层商业大厦一间律师行。该律师行竟然在阿翠交了首期律师费和法庭文件费之后，趁阿翠骑虎难下之际，将一宗诉讼案分拆成四宗案（包括控告对方毁谤、使用假证物等）来"打"，这样官司还未审结，阿翠便要交给该律师行超过一百万元，其中部分钱相信是律师给阿陈夫妇的介绍费。事实上是律师行与阿陈夫妇串谋"掠水"。

由于本大厦有多个单位由财政局拥有，财政局见大厦管理费涨得离谱，已经迫令肥佬辞去管理委员会主席的职务，然而阿翠和阿黄的离婚诉讼却多年米没完没了，看来阿翠和阿黄还要不断花钱，最惨的是一家几口的大好家庭因此而破碎了！

代理"状师"不肯代交证物的奥秘

莲花埠代理诉讼行业的老行尊(长期辅助工作人员)曾伯最近一次接受笔者的访谈时,特别提到对莲花埠新领导班子怀有前所未有的期望。曾伯和笔者一样,都认为民众渴望政府进行真正改革,渴望能在现在起的五至十年间推行,民众应该一改以往明哲保身的消极态度,尤其是了解本土历史和现实的专业人士应该秉持良知,恪尽言责,协助政府去瘀生新,建立公平、清廉、宜居的理想社会。以下是最近一轮访谈的速记:

笔者:你认为本埠最迫切、最重要的改革是什么?

曾伯:当然是改革司法系统的制度和结构!如果包括庭审、诉讼代理等的司法制度不公平,结构不合理,纵然经济发展,表面繁华,实则居民有如活在黑暗中,面对"妖魔"只有两项选择:一是依附恶势力,甚至成为恶势力的成员或帮凶;二是哑忍、逃避,对恶势力视而不见,因循苟且混日子。这两项选择都是与文明社会不沾边的。我记得以前为我家装修的一个师傅,他来到我家不久就对我说:"我系跟 × 哥嘅!"我问他这样说的原因,他后来才说,是因为担心装修完后收不到工钱。他曾经不止一次装修完后被户主推说不满意效果而赖账,始终不肯交足装修费,向警方申诉都无效。这装修师傅就是为利益、为生活而投靠 B 势力,在开工之前就挞黑社会头领的朵来吓人了。

笔者:部分代理诉讼行业的从业员为利益采取第一项选择,

我听你讲过。你认为另有部分司法系统的从业员甚至有官场中人包括新高官"被自杀"案的领责人采取第二项选择是吗？

曾伯：不用我讲，你懂的。

笔者：数年前我和你一起到法庭在一桩民事案中为陈伯做证人，散庭后晚饭时陈伯讲的一番话相信你还记得：陈伯用数十万元聘用的诉讼代理人自始至终没有在庭上替陈伯讲过一句实际有用的公道话，也没有为陈伯向法官转交一件证物或文件，这是什么原因？

曾伯：这种情形我见过，也听闻过多次。我认为主要有三种原因：一是那个诉讼代理人为了眼前利益事前已跟对手约定（比如陈伯的诉讼代理人与对手在秘密饭局中约定）如何装模作样，事实上陈伯的那个诉讼代理人就像球员打假球一样，是以"失败"为"奋斗"的目标。我曾经见过一个诉讼代理人竟未经委托人同意，就在庭上代委托人认错。二是那个诉讼代理人为了长期利益明知葡籍法官比较懒而不懂中文就尽量少将中文的文件、证物交上去，这样将来到他真要打赢官司时就会容易些。三是正如刚才所说的，诉讼对手背后有特殊势力，使人害怕。于是诉讼代理人在收足全部的巨大费用后，为了自己的利益和安全，就暗中放弃争讼，不履行责任，包括不代委托人上交证物和文件。

听曾伯这个老实人的这番话，使我有"胜读十年书"的感觉。原来，本埠代理诉讼行业的现实情况是这么复杂！

应该用公帑资助律师业吗

最近有人公开要求特区政府因应新冠疫情的影响，直接或间接用公帑资助律师业。这个要求如果得逞，将会在全世界树立破天荒的先例。

笔者认为首先要考虑的问题是：律师业比较其他许多行业所受疫情的影响较小。据笔者查询两间相熟的律师行所知，律师行只跟随政府机构短暂关门，现在早已跟随政府机构恢复正常营业。律师行在短暂关门期间，并非完全停止业务，如果有相熟介绍人介绍顾客到来光顾，律师行可以临时开门，比如接受新客订金，是完全办得到的。律师行暂时关门，并不损失全数客源，要打官司的人在律师行恢复营业或在疫潮过后会再来光顾，不会流失到其他行业。律师行接待顾客，通常只是两三个人戴口罩隔台谈话，比起群众紧密聚集的戏院、补习社、食肆、赌场等，相对来说风险很小。

众所周知，律师是各自由职业中最赚钱的行业。据朋友告诉笔者，许多律师行并非像其他行业那样固定标价和公开罗列报价表，开天杀价是常见的。比如，有一家公司的几个股东为争夺财产而兴讼，律师对每个股东刚开口就要收三四十万元或以上，通常视要争夺的财产多少而定。而且在收到第一期账款之后，知道客人"冇得走鸡"，有时会另立名目收费，甚至将一桩案分拆几桩案来"打"，例如互相控告诽谤、作假证供、提交假证物等，再逐桩案收费，每桩案在初级法院败诉后向中级法院上诉，在中级法院败诉后又向终审法院上诉，长期争讼没完没了。那时客人骑虎难下，唯有任由宰割，要投诉没有任何机构、组织受理。案中原本每个与讼股东平均可分得二百多万元，到头来，平均每人只得大约一百万元，大部分钱却被几个互相有联系的"讼棍"赚去。笔者不敢相信每个律师的行为都是这样，但的确不止一次听闻这般情形。

很早之前传媒行家告诉笔者：一个著名大律师逝世之后，他的儿子发觉他遗下的财产竟达"天文数字"，于是他的儿子辞去所有职务，从此除了领着一家人环游世界、享受人生之外，什么都不干，因为他算过，他父亲的遗产足够让他和他的儿子、孙子几代人完全不工作都可以快快活活过一生。

笔者不是情绪化地反对用公帑资助律师业，但认为现阶段如果政府有很多可用的钱，应该首先资助铺租过高的食肆、旅行社、补习社，甚至工厂、戏院、报社，资助失业的、有病的穷人，这样对社会经济的刺激作用更大更好。

发现古炮处是宋元大规模海战遗址

位于路氹城的澳门银河酒店施工地盘，2020年4月和11月分别发现、出土共两门古炮，已由文化局取去研究。

发现古炮处，原本是外十字门海域，是路环、氹仔、大横琴、小横琴之间的水道。公元1276年，元军攻陷南宋都城临安（今称杭州），掳去宋恭帝。南宋忠臣陆秀夫、张世杰等率众退至福建，拥立恭帝幼弟赵昰为端宗。公元1277年，宋端宗赵昰、杨太妃、卫王赵昺和忠臣陆秀夫、张世杰率领军民（包括朝臣和他们的家眷）数十万人，乘坐战船约二千艘，由福州撤退到广东珠江口，在内外十字门沿岸驻扎。长达五十丈的御船停泊大小横琴之间的水道北岸。这时不幸遇上台风吹袭，战船近半被吹沉。年仅九岁的端宗赵昰一度失足落水，获救起之后因受惊过度而一病不起。十多天后，刘深（向蒙古投降的宋将）率元军闻风乘战船从福建赶至。张世杰重整旗鼓应战，先下令将士占领包括路环了哥崖在内的各岛临海高地，在元军向御船冲击的过程中，船上和岛上的宋军同时向元军放箭发炮。在珠江口一带民众和地方武装的支持下，宋军经长时间勠力苦战，卒将元军击退。后来赵昰之弟赵昺继任为皇帝，与张世杰等率宋军到香山县与新会县之间崖门水道中的小岛立寨，被另一支由南宋叛将率领的元军包围击败。

上述在银河酒店施工地盘先后出土的两门古炮，不似是来自外国或来自澳门波加罗铸炮厂的洋炮，笔者猜测可能是南宋战船上的炮，战船被台风吹沉或被元军击沉的可能性都存在，木制的战船较快在水中腐烂而消失，于是剩下铁制的炮。类似的古代文物在澳门国际机场兴建时也发现过。这种炮在北宋已经使用，在内地电视剧《水浒传》出现过。它的炮弹是圆形的石头，不会爆炸，杀伤力是有限的。但在七百四十多年前来说，使用这样的武器已相当先进。据学者的考证，宋朝制造武器和船只的技术在当时是领先世界的，宋朝之所以被外族入侵以至灭亡，主要是因为历朝皇帝的心理受"黄袍加身"的历史影响而不信任武将，不信任人民。尤其枉杀岳飞之后，诸多武将对皇帝离心，在战争中大量投向蒙古军队。

十字门海战可能是世界历史上最多人参加的一场海战。宋朝和元朝的正史都没有详细记述这场海战的过程，至今只有珠海出版的、根据地方志所载史料写成的《崖门恨》有较详细的阐述。珠海政府在横琴岛石博园有纪念十字门海战的文字和陈设，但澳门至今只有这两尊古炮用来纪念，真是弥足珍贵。

圣奥斯定教堂的大耶稣像

岗项前地圣奥斯定教堂自古以来供奉一个用巴西实木做的耶稣像，它很大很重。每年当天主教信徒按照传统仪式抬着这个大耶稣像由岗顶到主教山主教座堂，翌日再抬回来，都觉得很辛苦。于是就有一群信徒提议，要将大耶稣像舍弃，换过轻便的小耶稣像。

这时刚好有一群在香港开埠后从澳门到香港工作的信徒从香港回到教堂来。他们吵起来，反对舍弃已经供奉了许多年的大耶稣像。两派信徒争持不下。接着的两年，由于原本抬大耶稣像的信徒们年老，接替他们的信徒又找不到，这样每年巡游再也见不到大耶稣像。

到了第三年，一群市民，包括葡人和华人，一齐到市政厅投诉，都说自从大耶稣像不再在巡游中出现之后，澳门连续两年多发生天灾人祸，有必要在这一年恢复抬大耶稣像出巡。

两派信徒终于达成折中协议，就是同意造一个用木板做成空心的耶稣像，而看起来跟以前的耶稣像一样大。大家决定之后，就由一个叫狄雅士的葡人具名向葡国定制。这个新耶稣像制成之后，用大木匣装着，用货船经香港运来澳门。不料货船在将近到澳门的时候遇上大风浪翻沉，船上的人命和货物都损失很多。第二天，有人在南湾海边见到一个大木匣被海浪推上岸来。政府人员到场打开大木匣，都吃了一惊，原来新的大耶稣像虽然被水浸湿，却丝毫无损地到澳门来了。不久，邮差就按木匣面上写的葡文地址，将新的大耶稣像送到狄雅士手上。

从这一年起，信徒们每年就抬这个新的大耶稣像巡游，认为这是连耶稣都同意的。而从这一年开始，澳门一直太平。

在日军侵占香港时，那一群到香港谋生的澳门人乘船返回澳门避难。正当船在半途，忽然一架日军战机从半空中飞来。这时船上的人很多，日军战机开始用枪炮射击，那一群澳门人无法逃避，惊惶失措，唯有念经求耶稣保佑。不久，日军战机飞过，似乎枪弹和炮弹都已射光，一下子飞走了。船幸而没有被击中，船上的人庆幸逃过一劫，都认为是耶稣保佑。

直到现在，大耶稣像仍然存在作为世界文化遗产的圣奥斯定教堂。

2016 年 5 月 27 日采录于澳门。讲述者是卢文辉，澳门土生葡人教育促进会大会主席。

结婚时采取哪种财产制必须慎重

莲花埠代理诉讼行业的退休老职工曾伯经过慎重考虑之后，在访谈中，对笔者讲述了防范新兴离婚夺产骗术之法，兹记录如下：

笔者：离婚夺产骗术通常牵涉的人事那么复杂，财产损失那么巨大，但执法者的重视和认识未足够，能够有效防范吗？

曾伯：比电话诈骗和假结婚、网恋等骗术难防范得多！但防范总比没有防范好，防范很重要。首先，结婚的男方要有正确的认识：恋爱是一回事，结婚是另一回事；恋爱可以浪漫一点，可以甜言蜜语、山盟海誓，比如说什么"你是我的生命"等，结婚却是影响长久的、严肃的法律程序，关系到全家永久的财产和命运，必须特别慎重，长远考虑，切勿感情用事。特别重要的是，须明白"娶妻求淑女"的道理，不要遇到美貌、性感、热情的女子就急于成婚，不要见到女方哭闹就心软。不少年轻女子包括有些贵族学校的女毕业生、来自内地的"高端"女性和某些表演行业的女星，在找对象方面常有互相攀比的心理，到结婚之后仍然好高骛远，当遇到心目中认为更合意的对象，就会先与新对象暗通，再借离婚而夺产，然后与新欢共效于飞。有些女子更会用"集邮"的方式连续结婚后离婚，以达到连续夺产致富的目的。还有一种近年才比较多见的情况，本来是真心结婚，婚龄已二三十年，女方忽然患病，有去世之虞，此时女方外家亲友会唆使她趁未死离婚，为外家夺取男家一半甚至超过一半财产（离婚前已尽量索取或擅自掠走男家财物）。亦有较年轻女子与较年长男子结婚后当得知男方因继承遗产、领取大额退休金或中巨彩之后在外家怂恿下离婚夺产，另觅新欢。上述各种情形都可能有"B势力"主动或被要求插手，包括参与谋划、唆摆和介绍"必胜"的诉讼代理人。

笔者：男女双方结婚登记时，登记官会问双方用什么财产制。现在有哪些财产制可供选择？

曾伯：有完全共同财产制、婚后取得共同财产制、分产制。完全共同财产制规定，男女双方一旦结婚，夫妻双方婚前婚后所有财产的拥有权均等，这对婚前拥有较多财产的一方（多数是男方）非常不利。因为女方见男方有很多财产时，会不顾对方年老貌丑，甚至精神不健全都下嫁，然后尽快离婚夺产，当然离婚前会尽量索取和擅自掠走财物并收藏于秘密地方。因为用这种财产制夺产太多、太容易，案件太严重，近年连婚姻登记部门的人员都提醒当事人慎勿采用。采用这种财产制结婚时虽然有助于促进夫妻感情，长久反而增加离婚夺产的诱因。

第二辑　城市风情

澳门城市十大文化名片

澳门社会科学学会和澳门城市大学于 2017 年联合举办"澳门城市文化名片评选"活动，发动公众在澳门众多富有中西文化特色的景区、设施和群众活动中，选出大三巴牌坊与耶稣会纪念广场、东望洋山及炮台、澳门特区政府总部、妈祖阁、邮政局大楼、氹仔嘉模圣母堂区、郑观应故居、议事亭及其前地、大炮台和舞醉龙。

大三巴牌坊与耶稣会纪念广场

大三巴牌坊原为圣保禄教堂的石砌门壁。

意大利耶稣会教士于 1562 年来到澳门，1563 年在现时花王堂街的圣安多尼堂旁边用木、砖搭成一座小教堂，称为圣保禄堂。圣保禄是有犹太血统的罗马人，是天主教早期最著名的传道者。二十年后，耶稣会将圣保禄堂和附设的天主之母修道院迁到柿山（现称大炮台山），得到更大的发展空间。

当年柿山圣保禄堂旁边附设的天主之母修道院，逐步发展成为远东地区第一所西式大学——圣保禄学院，在中国最早引入物理、几何、逻辑、解剖、天文等学科，培养出大批教士到东亚各地传教。曾任明朝高官的意大利人利玛窦、中国著名画家诗人吴历、日本籍著名传教士安治郎等，曾在这里修读。

圣保禄教堂经历过三次火劫。1600 年遭受火焚后，1602

年由耶稣会会士斯皮诺拉设计重建。大教堂于 1637 年至 1640 年建成，造价高达三万两银，其规模可媲美罗马圣彼得教堂。教堂前壁则于 1644 年建成。1835 年 1 月 26 日教堂又一次被大火烧毁，现在只有石砌的前壁保存下来。澳门华人觉得它像一座牌坊，又将"Sao Paulo"音译为"三巴"，为了将柿山的教堂和后来在岗顶兴建的圣若瑟修院（俗称"三巴仔"）区别开来，于是将柿山教堂遗留的石壁称为"大三巴牌坊"。大三巴牌坊是远东最古老、最大的天主教石块建筑，是糅合中西建筑艺术的经典之作，常被用作澳门的标志。

大三巴牌坊前有六十八级石阶，石阶下就是耶稣会纪念广场。牌坊后也有小广场，天主教艺术博物馆设在小广场地下室。圣保禄教堂的设计师斯皮诺拉神父 1622 年 9 月 10 日在日本去世，其遗骸也在这地下室保存。

东望洋山及炮台

东望洋山是澳门半岛最高的山岗，东望九洲洋，海拔 93 米，是澳门地区地理坐标的标志点。古时候从西向东看，文人雅士觉得它形似瑶琴，所以又称它为琴山。它与西望洋山隔着城区遥相对峙，从海上远望似陆上的一度门，所以这个原本称为香山岙（澳）的地方现在惯常叫澳门。

明朝万历初年，多艘葡国商船在夜里来到澳门南面鸡颈山附近海面，当时天色阴暗，葡国商人找不到澳门，商船几乎搁浅迷失方向，正在彷徨无计中，忽然见到有人在一个岛的山上高举一盏明灯，使他们知道这就是澳门。澳门葡人相信这个高举明灯者就是引航圣母，"引航"葡文就是 guia，中文译作"基亚"或"芝也"，所以将此山称为基亚山。葡人为了酬答神恩，

1626 年在东望洋山顶建成圣母雪地殿（小教堂）。到了 1864 年，葡人又在这座小教堂旁边兴建一座仿照葡国西岸洛加角（Cabo Roca）模式的灯塔，用来代替圣母显灵的光，引导船只驶来澳门南湾港口（适应木船停泊的码头）。

十九世纪，东望洋山上遍植马尾松，从此它有万松岭、松山等别称。二十世纪七十年代，环山马路以上本来是军事禁区的范围，随着葡兵撤离而向公众开放。二十世纪八十年代，害虫松突圆蚧在澳门地区肆虐，引致山上大片松林枯萎。1992 年，澳门楹联学会等八个团体组成"澳门八景评议会"，将东望洋山列入"澳门八景"，称为"灯塔松涛"。

东望洋山的炮台，始建于 1637 年至 1638 年之间。为配合炮台，山上还建了很长的军事隧道，昔日可通往陆军俱乐部、大炮台和得胜花园。建造隧道和堡垒用的大量水泥，是当时由英国人在青洲经营的水泥厂（清朝光绪十二年在中国领土最早开办的水泥厂）供应的。隧道附设瞭望台、指挥所、电话站、军人营房、通讯室和餐厅，供来自莫桑比克、安哥拉等葡国殖民地的士兵使用。现在山顶部分隧道由市政署管理，已向游人开放。

东望洋山的小教堂称为圣母雪地殿，源自一个传说：某年的 8 月 5 日，罗马贵族若望在梦中接到圣母指示，要在当时盛夏中将一座教堂建于尼斯奎林山积雪的地点。当时的教宗黎贝留依照这指示建成教堂，称为圣母雪地殿，并将每年 8 月 5 日定为"圣母雪地殿祝圣纪念日"。澳门这座圣母雪地殿向来由望德堂神父管理，内部陈设保留十七世纪葡国隐修院的特色，地下和墙内按古罗马教的习例葬有几个神父的骸骨。除设有圣母像、祭台之外，1996 年教堂修葺时，发现拱形天花和内墙有大片手绘壁书，以圣经故事和人物为题材，运用中国画技法绘成。这座圣母雪地殿旁边那已逾 300 年历史的古钟，每年 8 月 5 日这一天发出浑厚的钟声。

东望洋灯塔由土生葡人加路士·维森特·罗扎设计，1865 年 9 月 24 日建成，初时靠木轮旋转，靠火水灯放光。1874 年（夏历甲戌年）澳门地区遭受历史上最严重的风灾，灯塔受损，重修后于 1910 年 6 月 29 日重新启用并开始用电运作，是远东地区最早的现代化灯塔。它高 14 米，白塔红顶，射灯由一名法国工程师设计制造，灯的外围由 8 面棱镜构成，共有 14 排折光薄片，中间一盏 1000 烛光的大灯泡，约有 1 尺高，经棱镜折射，光柱以大约 1 分钟 3 周的速度作逆时针方向转动，射程达 45 公里，透过玻璃射向东、南、西三个方向的海面，北面是不透光的铁门。

2005 年，东望洋山获联合国列入世界文化遗产名录，现在它是澳门历史文化城区的一个组成部分。

政府总部（总督府）

设于南湾大马路的澳门特区政府总部，就是澳葡年代的澳督府。

这座作为澳门地区行政中心的楼宇，建于 1849 年。原本是私人物业，前临南湾，1881 年由澳葡政府收购，从此成为澳督府。它原本占地 50000 平方米，分两层高建筑和花园两部分，建筑面积 18000 平方米，二十世纪后期南湾填海筑湖的工程完成后，部分南湾大马路并入澳督府范围，因此花园和总占地面积有所扩大。

它富有南欧传统风格特色，墙基由麻石砌成，左右两翼对称，大露台、窗呈拱形，镶嵌木制百叶窗，与葡国的文物建筑很相似。澳门特区行政长官和以前澳督的办公室都设在二楼，后座是多个司长的办公室，有门口朝向龙嵩街。

昔日澳督府（办公处）曾经数度易址，先后在大炮台、南湾街、二龙喉等处。至于昔日澳督官邸（住处），则坐落于西望洋山山腰，即衣弯斜巷、圣珊泽马路交界。

妈祖阁与妈阁庙前地

妈祖阁，俗称妈阁、妈阁庙，始建于明朝弘治年间（公元1488年至1505年），是澳门最古老的建筑，也是澳门最能代表中国传统文化的名胜。至今澳门华人流传这样一句谚语：未有澳门街，先有妈阁庙。

相传在明朝万历年间，一艘船满载商人和货物从福建来澳门。航行途中，忽然海上刮起台风，船上掌舵人受颠簸而跌倒，正在万分危急的时候，船上旅客中的一名单身女子上前把舵掌牢，不久风浪平静，这女子一直掌舵将船驶至一块蟾蜍状的礁石旁边泊岸。她登岸后走上山，在岩石丛中不见了。福建商人在半山见到一个岩洞，岩洞中有个神像，模样就像刚才所见的女子，于是都认为这是妈祖显灵救了他们。后来福建人营商赚了钱，就集资建成了妈祖阁。为了纪念妈祖拯救他们乘坐的商船，又在庙旁的岩石上刻上彩色的帆船图案和"利涉大川"四字。及后从漳州和泉州来的商人还在庙内办了一间学校，叫漳泉小学。

妈祖是福建莆田女子林默娘，生于宋太祖建隆元年（公元960年）三月二十三日，终于雍熙四年（公元987年）二月十九日。传说她生前能替人治病，能预告吉凶，多次下水拯救遇溺乡亲。她二十七岁死后，获民众尊为女神、海神，神庙都设在海边。宋朝以后历朝皇帝都对林默娘赐封，先后称为神女、天妃、天后等。"妈祖"是源于福建人的最早尊称（福建人对成年女性尊称为妈，音"马"，其实林默娘终生未嫁）。澳门地区不同年代所建供奉林默娘的庙有不同的名称，妈祖阁是最早的名称，天妃庙、天后宫是较后的名称。

妈祖阁一系列建筑中历史最悠久的是接连石洞的弘仁殿，正觉禅林作为正殿也供奉妈祖的金漆木雕神像。另外山上较高处有观音殿。自清朝道光八年至今一系列建筑和陈设基本上维持原貌，是妈祖阁的一大特点。

妈祖阁之所以闻名于世，除了上述古建筑之外，还与"三奇石"有关。至今仍然保存的是帆船石和山上众多历代名人题词、题诗的摩崖石刻。已湮没的奇石是相传林默娘驾船泊岸处的渡头旁边一块蟾蜍石，昔日"蟾蜍"常在风浪中发出"阁阁"的声音。四百多年前，来自葡国的一众商人也在这个渡头上岸，他们原本想向在妈阁前面空地（今称妈阁庙前地）摆卖商品的福建商人问这个海岛（以前澳门是个岛）叫什么名，但福建人听不懂葡人的话，以为他们问这间庙的名称，于是用闽语回答："妈阁"，葡人听了，以为这就是岛名，于是将这个当年叫"香山澳"的岛叫"Macau"。

由澳门八个社团组成的澳门八景评议会于 1994 年选出妈祖阁为"澳门八景"之一，称为"妈阁紫烟"。2005 年，妈祖阁获联合国列入世界文化遗产名录，现在它是澳门历史文化城区的一部分。

邮政局大楼

澳门在 1884 年已发行第一枚邮票，1889 年成立隶属工务局的澳门书信馆，馆址在南湾今日的京都酒店所在。至1929年，位于新马路与罗结地巷、大堂街之间，由当年工务局则师刘焜培设计的邮政局大楼建成，邮政局同时正式成立，总辖邮政、电报、电话等服务。

邮政局大楼兴建的前提，是澳葡征收房屋130栋，并在今日龙嵩街与新马路交接处开山劈石，1908年至1918年开辟南湾至内港全长约620米、宽约11米的新马路。邮政局大楼所在，昔日有山坡、山石与磨盘山相接，这座大楼建成后，使原本在该处的三条小巷消失，罗结地巷原本双数门牌的房屋亦从此消失。

邮政局大楼在地面以上高三层，另设地下室，后院（今作停车场）与大堂街和罗结地巷地面高低相差一丈以上。它的外墙全用水泥混石米批荡，具欧洲建筑风格，既典雅又雄伟。大门对上最高处是钟楼，以前每逢正点便会响钟，昔日是全澳居民校准钟表的依据。钟楼内的小室，以前曾是澳门电台录音、播音之处。大门右面，就是议事亭前地，现已成为游客最集中的地方。议事亭前地周围的建筑物，都在2005年7月15日第二十九届世界遗产委员会会议通过列入《世界遗产名录》的"澳门历史城区"范围内。

嘉模圣母堂区

嘉模圣母堂区包含嘉模前地、史刘莲德女士公园、海边马路、五间葡式别墅、市政花园、爱泉（Fonte dos Amores）遗址等一系列具葡萄牙风韵的古建筑，这个位于氹仔龙环山及其周边，以嘉模圣母堂为中心的景区，自1992年起，获澳门八景评议会（即现存澳门景观文化协会的前身）和澳门公众选为"澳门八景"之一的"龙环葡韵"。

这景区除上述三处建筑物和场地之外，其实较重要的还有：一、1920年在龙环山东面望德圣母海滩（经填海工程后现在已经变成主要种植莲花的沼泽）创设的澳门航运公司旧址，这里也是澳葡海军航空队、水上飞机场、飞机库等的原址，它们很早就在中国土地上引入西方先进的航空技术和设施。二、受葡国1910年建立共和政制的影响，而由澳督嘉路米耶（1914年至1919年在任，是对葡国建立共和政制有功的海军少校）倡导设立的民主学校（免费官校）及后来在原址改建成的公营留产所。三、议事公局学校，位于嘉模前地东面，是十九世纪末至二十世纪初的一座官校，后来做过社区图书馆，现在是民事登记局。四、在龙环山上的葡军营房，现已改为驻澳解放军营房。五、位于嘉路士米耶马路南侧的氹仔旧发电厂和氹仔邮政局，前者已改建成嘉模会堂。六、龙坏山西麓的氹仔公署（现已改为路氹历史馆）、嘉模墟和嘉模大楼（在嘉模斜巷和施督宪政街交界处）。

上述文物建筑，集中见证、记录了西方文明最早期传入中国的历史。这里众多早期用水泥建造的公共设施，更是世界现代自然科学和社会科学在中国乡镇最早实践的、保存最完备的一系列珍贵成果。

郑家大屋（郑观应故居）

郑观应是中国近代思想家、实业家、诗人，生于广东省香山县雍陌乡。他少年时在澳门读书，十七岁以后在上海学商，当过洋行买办。1862年后撰写《救时揭要》《易言》，宣扬改良思想；还撰写《澳门猪仔论》《澳门窝匪论》等，揭露澳门时弊。

现在位于下环龙头左巷 10 号的郑家大屋是郑观应晚年协助父亲兴建的祖屋。郑观应于 1894 年在这里著成了他的代表作《盛世危言》。这部以救国强国为主题的巨著，当时风行全国，光绪皇帝、孙中山、毛泽东都先后看过，受到维新思想的启迪。

郑家大屋面积 4000 平方米，青砖灰瓦，重门深院，具浓厚的岭南建筑风格。2005 年，郑家大屋获联合国列入世界文化遗产名录，现在它是澳门历史文化城区的一部分。

议事亭及其前地

议事亭是民政总署大楼（现称市政署大楼）的前身，是中国土地上最早以民选议会形式成立的市政机构。

1583 年（明朝万历十一年），澳门葡萄牙主教卡内罗（Belchior Carneiro）召集在澳门的葡萄牙人开会，根据葡萄牙的城市自治模式，选举产生由六人组成的议事局。1596 年，兼并了葡萄牙的西班牙国王颁布赦令，批准澳门取得自治城市的资格。葡萄牙复国之后，国王赐予一直由葡人管治的澳门"天主圣名之城"的称号。1809 年，议事局更名为市政厅，上世纪三十年代，市政厅大楼建成现有的规模。2002 年，民政总署作为新的政府机构代替了澳门半岛和路凼的两个市政机构。"天主圣名之城"匾额至今在民政总署地下大堂仍可以看到。

代替议事亭的民政总署大楼前面一块三角形空地，叫议事亭前地。这里是澳门文物建筑最集中的地方，也是游客最密集的地方，除民政总署大楼之外，较著名的文物建筑有邮政局大楼、仁慈堂、玫瑰堂等。

2005 年，议事亭前地作为澳门历史文化城区的一部分，获联合国列入世界文化遗产名录。

大炮台

　　大炮台位于柿山顶部，邻近圣保禄教堂，最初是圣保禄教堂的祭天台，于1619年由耶稣会教士筹建，至1626年建成。它又名圣保禄炮台、三巴炮台、中央炮台，占地逾两千平方米。它原本是在军事禁区内，建有塔楼和军人宿舍，列炮三十一间，还有很长的地下隧道。

　　1622年6月24日，荷兰海军以十三艘战舰、一千三百名士兵的优势，攻打军力薄弱的澳门。然而战果出人意料，天主教的罗神父到大炮台充当临时炮手，他操炮一击正中荷军行进至大龙泉与二龙泉汇流处（即现时士多纽拜斯大马路得胜公园所在）陷入泥泞的火药车，车上弹药随即连环爆炸，荷军指挥官卢芬伤重致死，荷军阵脚大乱，逃回剀狗环海边早前登陆处（即现在的"海角游云"），又中了葡军埋伏，终致惨败。这一天是耶稣门徒圣约翰的纪念日，澳门天主教徒认为致胜有赖圣约翰神力保佑，因此将圣约翰尊为澳门保护神（主保），又将每年6月24日定为澳门主保日。自1623年起，历时二百二十多年，此处曾为总督驻地。

　　1965年，澳葡政府将这个军事禁区改作旅游区，当中部分设施改建为澳门地球物理暨气象局，后来该局迁往氹仔大潭山。自1996年起，北部从北麓到山顶辟作澳门博物馆。1998年4月18日，耗资一亿二千万元，楼高三层的澳门博物馆启用。

舞醉龙

一群男子饮酒后分几截舞木龙的习俗，称为舞醉龙，源于古代香山县（原本包含现时的中山市、珠海市和澳门），二十世纪传入澳门。

清代乾隆年间，香山县发生大瘟疫。乡民认为是妖怪作祟，于是在浴佛节当日饮酒之后，抬佛祖出巡，以求消灾。途中，突然遇上一条大蛇从河边草丛爬出，喝得半醉的乡民急忙挥动锄头、镰刀把它砍成几截，这才发现蛇口叼着栾樨叶。大家心知有异，试以这种树叶熬汤喝下，疫症竟被治愈。于是大家省悟这条大蛇是神龙所化，是来救灾救人的。众乡民懊悔歉疚之余，为了答谢和纪念神龙，创出在浴佛节乡民带醉分截舞木龙的习俗，同日蒸吃栾樨也附带成了习俗。

另有一个相关民间故事说，古时候在现在香洲附近有一座山叫香山，山上有个蛇仙名叫茜茜，她用栾樨叶救活了许多染上瘟疫的乡民，不幸被空中降下的瘟君所害，掉进河里，变成断作几截的蛇，幸而得到同住香山的桂花仙子所救，才得恢复原形。

澳门的舞醉龙习俗，主要是由香山县张溪籍鲜鱼行人士带到澳门来的。

2017年，澳门社会科学学会和澳门城市大学联合举办"澳门城市文化名片评选"，由公众投票将鱼行舞醉龙活动选入"十大名片"之列。

龙爪角多石景和有关传说

　　龙爪角一带自古以来存在许多奇石，其中一块在岬角之端，称为龙爪石，是这个景区取名的主要依据。据黑沙村民传说，天上的一条小龙因为争取仙界吃蟠桃的平等机会，被玉帝叫近臣作法，将它贬下凡间，困在南海边一块岩石中。黑沙村民的祖先昔日在半夜雷鸣声中曾见一道闪电挟着"小龙"从叠石塘山向南掠过半空落到海岬的石丛中，后来就见该处一块岩石中的"小龙"不甘失去自由而不断挣扎、舞动龙爪的样子，至今看来仍很富有动感。由于有这块龙爪石，于是古往今来引申出附近许多地名，包括龙爪角、龙爪角马路、龙爪台、龙爪角海岸步行径等等。

　　由龙爪角起，沿龙爪角海岸步行径可见，富传奇性的、和民间传说有关的石景有：一、猿人石之谏议大夫和猿人石之大元帅。传说，这两块象形石原本是远古时代猿人国的忠臣，因受奸佞诬陷，被猿王流放到路环岛。其中"谏议大夫"被困在一块状似骆驼的巨石中，现时仍然可见；另外的"大元帅"原本矗立在现时龙爪角第一街街口附近山边，在龙辉半岛别墅群建成中湮没。路环街坊认为，大元帅石独立成形，形态和表情都非常逼真，堪称澳门地区第一奇石。这一系列的其余三块象形石，其中两块在路环岛北岸，即原"映山湖"南岸，是猿人石之御史大夫和他的副手，另一块在龙爪角家乐径旁边，叫小狒狒。二、灵龟石。这一系列为首的象形石在路环谭公庙对开岬角，叫做大灵龟。在龙爪角海岸步行径所见的三块象形石分别是灵龟保姆、灵龟妈妈、灵龟姨姨。传说大灵龟原本是南海龙宫的丞相，因受龙王迫害而逃到路环岛，其他灵龟是来追寻大灵龟的。另外还有两只小灵龟，一只在芦兜潭的石丛中，至今从乡村马路回旋处东面向下望，仍可以见到；另一只原本在黑沙海湾西南岸，上世纪毁于建筑工程。

龙爪角一带的奇石、石景除以上所述之外，已湮没的有"鸡啄米""海豚照镜"、孖石等，时隐时现的有东字石、犁头石等。在海岸步行径北面，现存一块面包石，传说是太上老君切后因贪看这里的风景而忘记吃的"磅包"。它对面山腰，有一块岩石状似女人的尖嘴镶花鞋。传说八仙过海来到珠海市斗门区黄杨山休息，偶感当时珠江口没有岛屿，太单调，于是由吕洞宾作起法来，但见霎时一阵大风，将黄杨山的沙石卷上空中，再落下珠江口，变成今日所见包括澳门、氹仔、路环和香港等岛屿。由于风太猛，不意将何仙姑放在沙堆上晒的一只镶花鞋也卷走，落在本澳路环龙爪角山腰的石几上，另一只鞋何仙姑也不要了，至今留在黄杨山。现在路环和斗门都流传这个故事。

有关龙爪角石景的民间故事从产生到基本定型，为时近百年。传播的人，相信最主要的传播者是已故路环信义福利会创会会长杨辉。他在上世纪七八十年代走村过巷挑担卖面包，常会遇雨走进村民家中听取和传播不同的故事。路环天主堂和路环街坊四庙慈善会都曾经将杨辉等人传述的石景故事分别用葡文和中文刊登于期刊和板报上，并认为流传这些集体创作的故事并非宣扬迷信，而是本土俗文化的一部分。如此说来，龙爪角的内涵除了海景之外，石景也是不可忽视的，值得当局和民众加以认真的梳理和保护。

八仙游南海

话说铁拐李、钟离权、吕洞宾、张果老、曹国舅、韩湘子、蓝采和、何仙姑八个仙人闲来无事，相约云游四海。这天，他们从东海来到南海，在珠江口的黄杨山歇息。

他们观望四周，觉得这里气候清爽，风景开阔而优美，都满怀喜悦。其中韩湘子喝下大半壶酒，更乐得诗兴大发，实时吟成一绝："黄杨山上九峰连，好水好山别有天。日丽风和吾欲醉，能饮能逛便是仙！"吟罢，趁着酒意脱去鞋子一丢，卧到石板上睡去了。

这边厢张果老跟吕洞宾说："我们八仙过海，虽说可以各显神通，可是我到底惯于骑驴，不惯乘船。看这南海，一望无边，陆地太少。风光虽好，到底单调了些！"

吕洞宾答道："我看，增添些海岛点缀一下，相信玉帝、龙王也不会介意吧？"众仙听了，都认为不妨事。于是吕洞宾把手一扬，作起法来，把身后一小堆黄沙掀起，升上天空，转了几转，再骤然散落，转眼间便在临近珠江口的南海上形成146个岛屿。有独处一隅的，后人就叫伶仃岛（北面的叫内伶仃岛，南面的叫外伶仃岛）；也有成群聚集的，其中最大群的叫万山群岛。较近黄杨山的较小群岛，包括后来人们所称的澳门、青洲、小潭山、大潭山、北澳山和路环。

原本何仙姑也脱鞋放在沙堆上晒太阳，谁知给吕洞宾作法随黄沙一下子被卷走了。其中一只鞋后来被人发现搁在路环岛南面海边的彩色石崖上。有人说是赤脚大仙蓝采和的鞋，也有人说这是女装尖嘴鞋，应该是何仙姑的，八仙中只有她是女性。不过是谁的不要紧，反正神仙们都不打算去把鞋拿回。

直到现在，斗门黄杨山和路环黄金海岸都还可以见到仙人遗留的鞋，也就是像鞋一样的石头。

健钊长老与菩提禅院

澳门佛教总会会长、氹仔菩提禅院住持健钊长老于2018年7月5日辞世，世寿七十三岁。

健钊长老，正名释健钊。他与释智圆、罗宝山、冯润芝、戒闻、坚性等都是澳门地区佛教史上响当当的人物，而氹仔菩提禅院又与澳门竹林寺有一段鲜为人知的宿缘。

竹林寺建于清朝宣统三年（1911年），最初是名为"祥云仙院"的道观。主持人蔡紫薇后来将这道观转让给从广州华林寺来的坚性方丈，从此改名为竹林寺。随坚性从广州到澳门的人还有冯润芝和罗宝山，他们都笃信佛学。

冯润芝就是当代长期任竹林寺住持的戒闻（俗名冯萱泰，已于2010年圆寂）大师的父亲。冯润芝在广东美术史上也很有名，他是与关山月、方人定、司徒奇等同辈的画人。关山月等师承岭南新派创始人高剑父，而冯润芝则属旧派。冯润芝到澳门之前在广州白云庵设帐授徒，坚性和罗宝山分别是他的方外弟子和俗家弟子。罗宝山法号觉空，虽然没有正式出家为僧，他那半工笔半意笔的画功却最得冯润芝的真传。

上世纪三十年代初，罗宝山与妻子韩氏、儿子罗维宗和女儿罗白莲在氹仔小潭山东北山坡买地兴建菩提园。园内近大门处建小庙，称为六祖殿，供奉佛教禅宗第六代传人慧能的金漆水泥塑像。另有建筑物供奉佛教始祖释迦牟尼、西方净土之佛阿弥陀佛和长寿之佛药师。虽然拥有如此园林式大宅，但罗宝山仍常居竹林寺，很少居家，最终以九十一岁高寿病逝于竹林寺，至今竹林寺仍陈列罗宝山自绘或代冯润芝所绘的多幅国画。菩提园于 1933 年向澳葡政府登记业权时，登记的业主是罗维宗。

1964 年 7 月，罗维宗移居香港，将菩提园主要部分售予释智圆大师，包含园中的花园、六祖殿、众多神像和罗母藏骨的小塔，占地面积三千三百三十平方米。释智圆何许人也？他生于浙江金华，1928 年受戒于杭州昭庆寺为僧，以后长期在广东传扬佛教，抗日战争期间从中山石岐迁居澳门，建立智心佛堂，是澳门佛教净土宗的创始人。

释智圆将菩提园改名为菩提禅院，依地势建造楼高三层的大雄宝殿，琉璃瓦顶，飞檐斗拱，在最高一层供奉释迦牟尼的巨形铜像，高 5.4 米，重六吨半。中间一层分藏经阁和经堂上下两部分，藏有四套完整的佛经，是法师、和尚平日研习佛学的地方。大雄宝殿的地面一层是龙华堂，供奉有四十二只手的观音塑像。

在大雄宝殿后面的普明殿，又称三宝殿，建于上世纪九十年代初，上层供奉罗家遗下的三座金漆木雕神像，分别是释迦牟尼、阿弥陀佛和药师，下层是僧众活动之处。

1946 年生于本澳的释健钊，十五岁到香港宝莲寺受戒，1994 年重返澳门，接任菩提禅院住持。二十八年来，菩提禅院在释健钊修持下，在弘法和利生两方面都有显著的业绩。

罗家遗下的六祖殿，已于 1997 年春节之前连同毗邻的僧房一起拆卸重建，新建筑改名为祖堂，两层高，占地比原六祖殿扩大近两倍，原有仿照广州南华寺六祖真身塑造的六祖像仍然保存，它和普明殿供奉的释迦牟尼、阿弥陀佛、药师三尊佛像以及赵朴初、释智圆、云水僧等名家的对联、书法，是现存菩提禅院内最珍贵的佛教文物。

释健钊在上世纪九十年代购入菩提禅院南面毗邻的泥基村几幅农地，将禅院花园和斋堂扩大，同时使禅院的占地面积扩大至一万三千平方米。但几幅农地是没有西契的，澳葡政府认为是非法买卖。后来，时任澳督马俊贤和邓礼儒（原是马俊贤在葡国科英布拉大学教的学生）等几个政务司应释健钊的邀请，到禅院的斋堂吃斋、商议，结果双方达成谅解协议，由政府资助在禅院新购土地上兴建政府部门监管的安老院等福利机构。这是政府与民间机构经过协商、谅解而取得双赢的良好范例。

菩提禅院由山门通往花园的阶梯转角处，原本存放一尊罗家用来治蛇的北帝塑像，是禅院内唯一的道教神像，释健钊已于 1997 年把它送去澳门博物馆陈列。

释健钊在团结全澳佛教人士，整合佛教组织方面也堪记一功，他生前是澳门佛教总会和《澳门佛教》双月刊的主要创办人。

中葡应用文文种的差别与规范

数百年来，中葡文化、艺术在澳门互相影响，互相促进，产生不少好现象，这无疑是事实。例如，享负盛名的大三巴牌坊，就是融会中西文化艺术而成的建筑文物和旅游胜地。然而，有些人认为，在应用文语言尤其文种的规范方面，也可以"中西合璧"，这样，文坛中习非成是的谬误就产生了。

我国应用写作核心期刊《应用写作》2014年第一期所载邓景滨《应用写作八原则》说得好："汉语应用写作必须符合中文规范和汉语习惯，符合各文种的主要特征和基本要求，文种的主要因素必须齐备。"在应用文的文种方面，中文与葡文的传统不同，规范不同，当今应用文的撰写者尤其回归后澳门公文的撰写者，应当承传中、葡文不同的传统，遵循不同的语言规范，才是硬道理。否则，就像一个人上身穿唐装衫，下身穿牛仔裤一样，脱离了真善美的标准，显得"Nove nao bate oito"（九唔搭八）。

应用文中，葡文文种的称谓没有中文的那么细致、繁杂，更没有那么严格规范，正如中国人将与父母同辈的男性旁系亲戚细分为叔、伯、舅等，将与父母同辈的女性旁系亲戚细分为姨、婶、姑等，葡、英等国则一概分别只称为 tio/uncle 和 tia/aunte，中外传统与规范的区别很值得注意。例如若将葡文应用文的文种 anuncio 译成中文，既可以是布告，也可以是通告，甚至可以译作广告；edital、edicto 和 edito 都既可以译作布告，也可以译作告示。同样地，中文的布告、通告、通知、告示都可以任意译作 anuncio 或 comunicação 等。英文也有类似的情形。总之，葡文、英文应用文的文种和中文应用文的文种其实至今没有固定的相应译法。

澳门回归前后，一些应用文撰写者尤其机构的文秘人员死板地按照字典、词典来将葡文或英文的应用文文种译成中文文种，并长期袭用，于是犯上违反中文语言规范的错误，没有将公告、通告、布告、通知等不同文种的特点和规范分清楚。

以下试举一些违反中文应用文文种规范的实例：

公　告

银 × 娱乐场股份有限公司借此告知，自 2013 年 6 月 30 日 06：00 起，金 × 娱乐场将暂停服务直至另行通知。

银 × 娱乐场股份有限公司　谨启

二〇一三年六月二十九日

以上应用文只是一间公司将旗下一间娱乐场暂停营业的消息告诉有关顾客，以发文者的身份级别、受众的范围、告知事项的重要性、对受众的强制程度等因素来衡量，文种不宜用公告，看来只宜用布告。布告和通告的受众范围相约，两者主要的区别是：若带强制性的，例如财政局叫汽车车主依期缴纳年度行车税，宜用通告；澳门基金会叫比赛参加者前去领奖，宜用布告。

笔者不揣浅陋，试将以上应用文修改如下：

布　告

本公司属下金 × 娱乐场自二〇一三年六月三十日早上六时起，将暂停服务，重开时间直至另行公布。

此布

银 × 娱乐场股份有限公司

二〇一三年六月二十九日

还可以从近年报上举两则例子：一、房 × 局公共房 × 厅公布将两个轮候社会房屋的家团除名；二、市民吴 × 新陈述他与别人联合拥有的氹仔新 × 纪酒店股权已进入法律诉讼程序。这两篇应用文的文种用公告，都不适宜，而较适宜分别用布告和声明。

即使在澳门回归多年之后，公告作为应用文文种仍有被个人或低级别机构擅用、滥用的情况，甚至厕所要关门维修，也在门口贴上"公告"，以为应用文文种可以随便乱套，对境内外（包括珠海）的影响都很大，这就很有检讨的必要了。笔者记得我国名誉国家主席宋庆龄逝世，全国人大常委会、国务院等高级别机构才就此向中外传媒发表联合公告；在第二次世界大战末期（1945 年 7 月 26 日），美、中、英三国共同发出促令日本无条件投降的文书叫《波茨坦公告》。由此可见，公告作为应用文文种不是普通机构和个人可以随便使用的。

另一个较常被错误使用的应用文文种是"告示"。这文种原本只在封建时代通行，现在是人民当家做主的时代，公仆对民众说话怎可以称"示"？内地公文分十五种：命令、公报、公告、通告、决定、通知、通报、决议、请示、批复、报告、议案、意见、函和纪要，没有一种叫"告示"。现在港澳教科书《应用文》（商务印书馆出版）、《分类尺牍大全》（谭正璧编著）等都已不存在"告示"，澳门行政暨公职局编印的《中文公文写作手册》所列十八种公文也没有"告示"，相信现在所用的"告示"，是从旧葡中字典中抄下来的。

兹将××总署于二〇一三年发布的"告示"抄录如下：

告　示

兹通告，××总署于二〇一四年农历新年期间在下列地点设置爆竹、烟花及火箭燃放区，所有燃放爆竹、烟花及火箭之活动，必须在指定燃放区及时段内进行。

（各燃放区地址、时间从略。）

管理委员会代主席×××

二〇一三年十一月十四日

试将该"告示"修改以便对照：

通　告

本总署在二〇一四农历新年期间，特设爆竹、烟花及火箭燃放区，所有燃放爆竹、烟花及火箭之活动，必须在下列指定燃放区及时段内进行。

特此通告

（各燃放区地址、时间从略。）

××总署管理委员会代主席×××

二〇一三年十一月十四日

综上所述，现在我们在将葡文应用文文种翻译成中文文种，或在已从葡文译成中文的文种中选用文种时，要充分认识中葡两国文化、语言不同的传统和特点，要有与时俱进的观念，要符合应用写作的文本原则，要方便受众选择阅览，千万不要依赖、偏信字典。其他事物名称的翻译、选用也应该这样做。例如葡文 Instituto，字典有学会、机构、学院等多个中文解释，以前澳葡将主管文化的政府部门——Instituto Cultural de Macau 译成"澳门文化学会"，是错的。现在该部门葡文名称依旧，中文名称改为文化局才对。同样地，以前的"发行机构"，现在改称金融管理局才比较适当。

从荔枝碗的"碗"说起

近来社会上围绕在路环荔枝碗是否大片拆除或保留船厂的问题，出现许多不同言论的交锋，间接引发笔者作为澳门一个语言和民俗研究者探讨地名的兴趣。

这地方为什么叫荔枝碗呢？有不同的说法。有人认为，因为那里有个小山丘，人从高处看，觉得它像个覆置的、圆形的碗。那么，"荔枝"跟"碗"又有什么关系呢？民间用来盛荔枝的器皿通常是不用碗的，何况是个覆转的碗。乡俗认为覆转的碗是不吉祥的，只有在用碗吃中药之后才将碗覆转。

还是以下解释比较可信：据路环老居民说，从前这个小山丘未被人从周边挖泥、采石时，并非像现在这样子。这地方原是叠石塘山西南坡的一部分，山坡下是个小海湾，海湾与荔枝林之间于上世纪初开始有二十多户人家，住在用木片和锌片盖搭的小屋，主要以养鸡养猪为业。自从澳葡政府于上世纪八十年代至九十年代在澳门提督马路、筷子基一带填海、筑路，有十六家船厂搬迁到这处海边。1989 年，前海岛市政厅将小山丘改建成占地逾一千平方米的休憩公园。这里的小村、船厂系列、公园和马路，都随小海湾命名。路环原居民多为客家人，客家人将"湾"说成"碗"音；政府部门将"荔枝湾"译成葡文，后来再将葡文译成中文，于是"荔枝湾"辗转成了"荔枝碗"。

类似这样由中葡文互译而产生的名称变异还有不少，例如路环黑沙海湾东面山边，现在称为阿婆秧，其实是从当地九澳村民叫"阿婆岭"的音译之误来的。九澳村民多数来自三灶一带。

从澳葡年代至今，一些在政府部门负责中葡地名（包括街名）互译的人员，显然对中国和澳门的传统文化、语言、民俗认识不足，因而引致一如上述地名的误解。这些因种种错误而产生的名称今后要不要修正呢？笔者认为，既然是错误，是不适当的，为免继续对澳门居民和外来游客的感受产生不良的影响，迟早还是修正为好。其实澳门不少街道、地方、机构的名称是有按照市民的意愿修改、更新过的，例如"近西街"改为"美丽街"，"柯高马路"改为"高士德马路"；"山顶医院"和"红街市"这两个名称，也是出自市民的心思。

还有一种因方言误解引致的不适当地名，影响最大的是将岛名由"潭仔"误作"氹仔"。现在岛上北帝庙的石柱上仍刻有"潭仔众值理"的字样，证明这个岛原本正式的名称是"潭仔"。据卓家村原住民说，岛名误作"氹仔"是始于卓家村原住民当年去香山县城办土地买卖的纱纸契，衙门的官差将"潭仔"写成"氹仔"，因为按石岐口音两者（tam 和 tum）不但读法相近，而且同是仄声，不像广府话将潭字读平声。由于"氹仔"是官方文件所定，村民不敢擅改，所以这名称将错就错用到现在。但"氹仔"之名，既不大优雅，更欠吉祥（俗语有氹仔浸蛟龙之说），历来已有不少人主张改正，但它已写入澳门的《基本法》，如今只能等候《基本法》修改时才一并修改。

还有不少公共设施的名称是应该而且可以修改的，兹举例并略加说明：

一、孙逸仙博士大马路，其中"博士"应该舍去。因为是澳葡年代翻译部门的"师爷"误将 Dr. 译作"博士"，其实真正的博士葡文是"Doutor"，读音相近，字义不同。同类错译的街名还有罗保博士街、罗理基博士大马路等多处。其实按照中国的命名习惯，人名后的尊称可以省去，大致上内地北京、广州等大城市都只称中山路，石岐只称孙文路而已。

二、纪念孙中山市政公园，其中"纪念""市政"都可以删去，依照内地的模式，叫中山公园就行，如果不想与内地一般，也只好叫"孙中山纪念公园"才符合语法。

三、龙环葡韵住宅式博物馆，其中"龙环""住宅式"可以删去，这问题年前拙文已有提及，这里毋庸赘述。

中外身体语言在澳门的融汇与传播

澳门四百多年来作为一个中西文化交汇的国际城市，它的特点首先表现于多语交集。除了普通的三文（中文、葡文、英文）四语（广府话、普通话、葡语、英语）和东西南北各种方言土话之外，还有来自境内外不同族群的身体语言（又称肢体语言、体态语，不是指聋哑人专用的手语）。

据 1993 年 9 月 10 日《澳门日报》引述澳门史研究专家伯鲁宁（H.O Bruning）的话，1991 年澳门的人口其中葡萄牙人约有 3000 人，本地出生澳门人 100000 人，历年来的内地（以广东为主）移民超过 200000 人，菲律宾人 5000 人，白种外国人几百人，泰国人近 5000 人，缅甸、印尼等国归侨 50000 人，福建人 50000 人，上海人约 4000 人，中资机构人员约 5000 人，总共超过 420000 人，另有来自中外各地无身份证居留者约 40000 至 50000 人。十二年后的今天，全澳人口又增加十多万，每年入出境游客更超过 2000 万人次，人口结构更加复杂。来自四面八方不同族群、不同文化背景的人在澳门汇集了不同的语言和语言现象，包括身体语言，真是积淀深厚，丰富多彩，云蒸霞蔚。

身体语言与借文字、声音表达的普通语言不同，身体语言是人和动物最原始的语言，通常无须经过有系统的教学就可以随时随意使用，例如雄性孔雀以"开屏"表示友善和向雌性孔雀求爱。甚至大量不同民族、不同语种的人，包括没有学文化的婴孩和老人，临时走到一起来，都可以借着以具体动作表示抽象概念的身体语言互相传意。所以身体语言近年在世界各地尤其在澳门的流传和使用越来越兴盛，越来越广泛。

新传茶礼"屈指叩桌"源于乾隆皇下江南

近几十年来澳定居或旅游的内地人激增，带来一种非常流行的身体语言：在茶楼饮茶时，当别人替自己斟茶，自己无须（或不想重复）说"多谢"，通常可屈曲食指和中指在桌面上轻叩三下，表示"多谢你"；叩两下，则表示"多谢"。此举适用于面对长辈及平辈斟茶时用。晚辈帮亲密的长辈斟茶，长辈不需回礼。

关于叩指回礼，在民间有个小典故：相传清朝乾隆皇微服下江南时，想体验平民百姓生活，有一天心血来潮，微服到一家茶馆里扮作店小二，刚好遇到认识乾隆的一个地方官。乾隆不愿暴露身份照常向地方官斟茶。皇帝来斟茶，地方官当时却不能下跪叩头，他心中何等惶恐可想而知：若下跪当众擅自揭露皇帝身份是死罪，不下跪把皇帝当作下人一般怠慢也是死罪。为了保命，地方官急中生智，用叩指代替下跪，颤抖的手指屈曲在桌上使劲地连叩多下，表示跪拜谢恩，不失为两全之法。乾隆见到亦心领神会。事情传开以后，江浙一带的老百姓就学起那个地方官用手指微屈叩桌的举动，表示向斟茶人道谢。这可以说是一项非物质文化遗存。

上述身体语言很快在海内外华人中流传，但至今未在澳门和外国的洋人中流行，主要原因是洋人不知道这举动的典故（外国多数身体语言没有特定的典故）；尤其在对方还在说话的时候，会误以为这手势、动作是提醒、责备说话人的过失。

华人在向洋人使用这一身体语言时，最好附带说"Thank you"。

自罗马帝国传来的身体语言

在澳门葡人社会的语言中，除了正规葡语、土生葡语和土生汉语（不纯正的广府话）之外，葡人社会的身体语言也是值得研究的。由于中葡双语在澳门民间自古至今未普及，因而一些互相传情达意的身体语言常常成为重要的无声交际语言。

葡国人曾经受罗马帝国（原本是共和国）统治，有一些著名的身体语言是罗马帝国传给葡人，然后传来澳门，再经澳门传给内地、香港和亚洲各地的。

据说当年罗马军队统帅盖乌斯·儒略·恺撒（公元前100年7月13日～前44年3月15日）在逐个召见战败回来的军人时，每当他伸出一只手握拳然后将拇指指向上，即表示这个军人可以全身而退；若拇指向下，即表示这个军人该死，要杀。现在葡人经常在示威的时候高举右拳伸出拇指向上或向下，分别表示"支持""拥护上台"和"打倒""要求下台"的意思。这项身体语言已传遍世界，也可以说是非物质文化遗存。

中国人的传统也有高举拳头向上伸出拇指的手势，表示"第一"或"好"，但没有拇指向下的手势。中国人伸出尾指向上则表示"第尾"或"不好"，但葡国人没有这个手势。

中、葡、日、泰不同的见面礼

轻吻（beijinho）是澳门葡人社交场合最常用的身体语言，是互相认识的人表示关心和问候的见面礼或道别礼，即使心存芥蒂者亦复如此。笔者曾经阅报知悉有些中国人到外国故意不与非友好国家的人行这种见面礼，其实这在公众场合中是不得体的。近年中葡人士使用这种身体语言比以前增加。现时内地人到澳门与葡裔人、外国人接触的机会比以前多，有必要认识这种常用的身体语言。笔者多次见到在中葡人士交往的场合中当进行轻吻时有人出现失仪的现象。按照葡人传统，在公开社交场合中互相见面时，男士轻吻在场女士两边面颊（不论老少通常只略为碰碰面与唇之间），这时女士倘若坐着也无须站起来，只要稍为顺势倾侧面部便可，也可稍为闭一闭双眼向对方表示接受的态度；但女士与女士互相轻吻就一定要双方站起来。男士与男士之间通常只握手，不吻。中国女性在这种场合最常见的错失是站起来接受男士的轻吻，这就有失矜持了。今年5月在法国康城影展举行的场合中，中国影星章子怡让不知名的男嘉宾轻吻粉面时，用她的右手搭上对方的左肩，左手搭向对方的腰部，亦有失矜持。同一场合法国影星贝妮丝（Berenice Bejo）接受颁奖给她的男士轻吻时只略为闭眼和倾侧面部，没有手部大动作。男士方面，尤其初到澳门和海外的内地男士须注意，这其实不是接吻，只是略为有些接吻的动作而已，要讲求配合和默契，如果不是亲人或恋人，不要深吻下去，而动作耗时要短。

除了葡萄牙等西方国家外，世界上许多部族自古至今都有大同小异的这类见面礼和身体语言。例如新西兰毛利族人近似的身体语言是：互相碰鼻（最多三下）表示欢迎和亲近，向对方瞪眼伸舌表示不欢迎和责备。

中国云南省傣族地区和缅甸、泰国、老挝等国家的寺庙普遍设置表达不同身体语言的大象雕塑，主要是长鼻的姿势不同：象鼻向上翘，表示"欢迎"；象鼻向下、向内卷，表示"招财"。本澳也有不少场合设置表达这两式身体语言的大象雕塑。

中国人现时相关的见面礼或道别礼除挥手、招手、握手之外，接吻还很少。挥手是最古老的身体语言，唐朝李白就已有"挥手自兹去，萧萧班马鸣"的诗句流传。最传统的是拱手和鞠躬；如今只在特定礼仪中才对神或尊长行跪、叩、拜之礼。即使在非流行病散播期间，一般人也只在农历新年或结婚、丧葬、上契等隆重场合行拱手、鞠躬之礼。中国女性古传的见面礼——侧身敛衽现时只在古装戏可以见到，中国民族舞表演则作为谢幕礼。在澳门信仰佛教的人和日本、泰国、缅甸等东亚国家的侨民，分别用鞠躬和鞠躬加合十的身体语言表示问候。

澳门不少中国人和葡人已同时习惯用中葡不同的见面礼，但盛行的程度各有不同。葡国等西方国家的人近年盛行以击掌为礼，尤其名人与众多"拥趸"（英文 Fans，音译为番士或粉丝）见面时多用。但华人之间在日常交际尤其在家庭中少用。中国传统戏曲流传王宝钏为嫁薛平贵与父亲三击掌表示决裂的故事，这是西方文化中没有的。

用作戏谑和讽刺的"敬礼"

中国军人的敬礼以至少年先锋队的敬礼都向头上高举右手，其中少先队的举得较高。内地人要留意，来到澳门和海外见到人家向你行这样的敬礼，往往只是闹着玩，略带讽刺意味，尤其模仿红卫兵的几式典型身体语言，包括在胸前手捧"红宝书"昂首挺胸，讽刺意味更重，详情可参考《表姊驾到》之类的戏剧。笔者1995年在葡国留学时，看到里斯本等城市的大街小巷贴了一个中国已故大人物和一个查理·卓别林戏剧角色在一起做出相同动作的宣传海报，笔者和一些同学初时以为这显示葡国民间对两人的喜爱，后来才知是一种针对消费者逆反心态的广告手法：只有这两个人不爱买这种商品。据说在此之前有中国人公开说葡国民间很喜爱这两个人物，这是误会。另外，模仿德国纳粹党领导人希特勒象征"压倒一切"的手势，通常都是别有用意的。

葡人传给华人的身体语言

葡人在澳门日常生活中将不少欧洲或葡国特有的身体语言传给中国人，以下试举一些例子（动作模式和表达意思）：

（1）四指合拢只伸出拇指，指向路的特定方向。

要求搭顺风车。

伸掌向下轻压。

促请镇静。

（2）一个男人向另一个男人同时竖起食指（或拇指）和尾指。

是极恶毒的辱骂，等于说"Pregar cornos"（"你老婆出轨"）。

（3）双手的食指和拇指合拢成中空的心形，其余手指伸直。

奉献爱心。

（4）吻向交叉成十字的两只食指。

真诚地发誓。

（5）摊手耸肩。

不明白。／没有东西或办法。

（6）抱头掩眼。

遗憾／"吾不欲观之矣"。

（7）将自己吻过的手掌向对方摊开。

飞吻。

（8）食指和中指伸直像V字母。

胜利（Vitoria）。

（9）食指凑近努起的嘴唇中间。

促请安静。

以上身体语言其中有关搭顺风车、促请镇静、奉献爱心、遗憾、不明白、飞吻、胜利等，可以说现在已经是世界共同语言。其中表示葡文 Vitoria 和英文 Vitory 的 V 字母形手势，2013 年 6 月 15 日伊朗改革派领导人鲁哈尼当选总统时亦向民众出示。

葡国等西方国家包括阿拉伯世界流行一式表示虔敬和忠心的身体语言：用右手掌按在左胸心脏位置，但不见中国人使用，因为文化渊源不同。我们有一句俗话斥责那些讲违心话、埋没良知的人，叫作"揞住良心做人"。

中国人与葡国人对于打喷嚏之类的身体自然反应亦有不同的语言习惯，可以说是接近于身体语言的语言现象。中国人打喷嚏之后常会自己说"大吉利是""好嘅"之类的话，并且认为可能是神灵的先兆或可能有人在背后议论自己。葡国人打喷嚏之后，若是男性，身边的人会对他说"santinho"，若是女性则说"santinha"，意思是"亲爱的神仙"，大约相当于中国人说"菩萨保佑"。中国人若打喷嚏时听到外国人这么说，可以说"多谢"，不宜说"对不起"或不理睬。

最恼人的十大手势

据 2012 年 7 月英国《每日邮报》（*Daily Mail*）引述英国 2000 人调查的结果，一般人平均每天做四个手势（身体语言），包括代替说话的手势和辅助说话、加强语气的手势，其中比较恼人的手势如下：

1. 向对自己说话的人展示同样勾屈的两手食指和中指，形成双引号，表示讽刺，等于说"只有你才这么说"。

2. 伸出手掌，掌心向对方，等于说"你跟我的手掌说吧"。

3. 竖起手指放在鼻翼等于说"干卿底事？"

4. 曲起手掌，让拇指和其余四指做出嘴巴不断动的样子，等于说"你废话连篇"。

5. 伸直右手食指，其余四指屈曲，扮手枪，等于说"看我毙了你"。

6. 一手握成拳击在另一只手的掌上，表示要使用暴力，等于广府话"砌佢"。

7. 握拳后伸出食指和尾指，扮听筒，凑近耳朵，表示打电话或接电话。

8. 一只手掌伸近口部，扮打呵欠，讽刺对方是闷蛋。

9. 伸出食指在颈前做割的动作，表示割喉。

上述身体语言虽说较令人不悦，但仍是世界各地（包括港澳）公众较常用的，可以载于传媒的。若是在特定场合中不得体的、不雅的身体语言，则须知所避忌。代表粗口的手势更不宜于公开展示和载于传媒。在交际场合使用，容易引致冲突。

中国人到了外国，要入乡问俗。中国虽然人口多，但对于世界大家庭来说毕竟是小众，小众要服从大众。

不同场合特定的身体语言

在社会上，不同的场合或生活圈有特定不同的身体语言。

情人之间挤眉弄眼只有他们自己才知是什么意思。打有时是爱的意思，即古人所说"打者爱也"。女孩子在男友身边走过时在他身上拧一把，是"你这小冤家，怎么还不来找我"的意思。南唐李后主在传世的词中将这类女性的身体语言描写得最精彩传神："烂嚼红绒，笑向檀郎唾。"

按西方传来的信息，戒指戴在由拇指至尾指的不同位置，分别代表追（追求）、求（求婚）、订（订婚）、结（结婚）、离（离婚）等不同意思。

台湾和港澳近年随着一人一票的选举活动愈来愈兴盛，流行用食指和拇指做成形似选票上"ㄴ"号的手势，表示请求赐票或庆祝获得投票胜利。

澳门和香港的许多行业都有行内自创的身体语言。其中电视、电影从业员在表演、拍摄过程中因为不方便发声而较多使用身体语言，最常用的是：在现场直播节目播出时，导演在摄像机后鉴于节目时间已到，要求幕前演员或主播的表演加快结束，就会用单手的食指在空中连续打圈；相反，如节目时间未到，要求演员或主播的表演拖慢结束（通常要临时"爆肚"加插一些话题），就会用双手的拇指和食指在空中凑合再分开，做类似拉布状。这些身体语言已经扩散到社会生活上使用。

舞蹈就是不断运用身体语言来表情达意的一种艺术。舞蹈家在跳完西方舞时，用屈身向上摊开双手的动作表示谢幕；在跳完中国舞时，类似侧身敛衽的动作表示谢幕。

在运动比赛中，场中运动员之间、教练与运动员之间、裁判与运动员之间都使用特定的身体语言，包括一些国际通用的手势，例如大洋洲大溪地足球队每次进球，都以集体做扒艇动作来庆祝。

作为艺术品的雕像或各宗教供奉的神像，亦有特定的"身体语言"，观音菩萨的常见"动作"，表示普度众生、救苦救难的意思。

澳门茶楼报账用身体语言至今在香港贸易场使用

澳门传统茶楼使用的身体语言更加丰富，更值得研究。

澳门现在的茶楼伙计在为客人结账时一般用点心单来向柜面报账，传统茶楼却不是这样：企堂睇数后向柜面传达客人结账的金额时一律用身体语言。

值得特别留意的是，澳门百多年来传统茶楼中人表示数字的身体语言和现时香港金银业贸易场出市代表的"手语"所用的手势差不多完全一样，显示存在直接或间接的承传关系。

澳门传统茶楼身体语言和香港金银业贸易场"手语"都以竖起一至四根手指来表示一至四的数目，以五根手指向掌心屈曲会拢表示五，由六至七都以竖起拇指表示五然后加上其他每根手指竖起表示一，其中拇指和小指竖起表示六。只有表示七的手势稍有不同，茶楼"手语"以拇指、食指和小指竖起表示七，金银业贸易场以拇指、食指和中指竖起表示七。两方表示八和九的手势亦完全一样：用竖起拇指和食指形成倒置的八字形表示八，将食指竖高再勾起来表示九。茶楼"手语"按照中国数字的旧传统不标示零的概念而用左右手食指交叉（形似十字）表示十，而金银业贸易场就自创以手掌五指放平表示0，这主要是时代和行业需要的不同而决定的。

金银业贸易场还以手掌向身体内拨表示"买入"，手背向外推表示"卖出"，传统茶楼没有这样的"手语"，因为该行业没有如此的需要。

茶楼的企堂向柜面报账时除了用手势之外，还以略似粤剧唱、念的特殊腔调和嗓音高声叫喊加以配合，最为人熟知的是配合表示数目五的五指合拢手势而喊"开嚟嬅（口旁，音 la 的上声）住"。如果账目是五元五角，就做一次五指合拢手势，摇一摇手，再做一次五指合拢手势，同时喊"嬅住蚊嬅住呀"。配合表示七的手势就喊"礼拜呀"。企堂还用这种特殊语言向厨房叫食物，例如叫五碗白饭是"靓仔嬅住"。

上述茶楼"手语"大致上源于上世纪初期珠江三角洲的广州和广州附近城市。但内地茶楼自上世纪三十年代随着战争和动乱而纷纷歇业或迁移，传统茶楼的上述"手语"最迟在上世纪五十年代末叶，即吃大锅饭的"大跃进"年代，弱化乃至销声匿迹（目前只在海南岛少数民族区等处少数食肆还可见到类似"手语"），而澳门茶楼和茶楼"手语"在这三十多年间特别兴盛。

需要特别留意的是：茶楼企堂报账表示六的手势、葡人表示 Pregar cornos 的粗口手势以及表示打电话的手势容易混淆，要注意手放的位置和方向，注意环境和表情的配合。

除香港之外，芝加哥等外国城市的交易市场亦使用类似"手语"，有待进一步探究。

结语

综上所述，不同民族，不同行业，不同文化背景的人在澳门创作或传来澳门的身体语言，有非常丰富的内涵，影响非常深远，为中外文化交流发挥了悠久的、良好的作用，进一步彰显澳门这座历史文化名城作为中外文化枢纽的重要角色。

粤澳饮食业语言与文化互相影响之研究

一、澳门餐饮文化的源流——六国饭店
承传广府饮食用语

在众多由广东直接迁来或经香港再迁来澳门的茶肆中，最具代表性的是六国饭店。它其实经营茶市为主，茶客习惯称它为茶楼。

六国饭店 1938 年开设于十月初五街 159 号门牌（其前身得心茶楼始创于 1913 年），持牌人谭启和原本是广府饮食界名宿。抗日战争爆发后，他偕同一众职员将生意从广州、佛山迁到澳门。

六国饭店曾经是傅老榕、何贤、马万祺、何鸿燊等名流"聚脚"的热点，高斯达等几个前澳门总督亦曾慕名光顾，可见当年名气之盛。

广州的众多著名点心包括它们的名称、制法等传来澳门已是众所周知。更值得研究的是，在澳门流传乃至在香港和海外华埠都有承传的茶楼传统用语，例如"茶博士（此语起源于唐代，盛行于宋代，由中原经广东传到澳门，专指茶楼中饮茶知识丰富，通常能表演遥距斟茶手艺而滴水不漏，与顾客熟络的雇员）""企堂（普通侍应生）""柜面（收银员）""正柜（会计）""死人头（铜制大水煲）"等职份、器具的称号，和"开嚟嗲住（5）""礼拜（7）"等数目代用词，主要是由广州

等地的行家带来、在抗战前后的澳门茶楼全盛期传播的。由于粤、港沦陷，六国、远来等澳门大茶楼成了珠江口一带活跃阶层人物社交活动和语言传播的中心，这方面的影响至今在港澳各处、各界仍有迹可寻。例如，澳门赌场中负责派牌的职员叫"席面"，是受茶楼中"楼面""柜面"的影响；汽车业中车头通风处用的罩叫"鬼面罩"，是受茶楼中"死人头"的影响；"着草（逃走）"等港澳黑社会用语、"打炮"（"速战速决"的性交）等妓院用语、"冚仓（全部售出）"等香港股票市场用语，也是分别受茶楼中"贺寿（手捧蒸笼）""打猫（职员偷吃）"等用语的影响。上述影响包括词语的结构和风格两方面。港澳赌场和黑社会等领域近几十年用的暗语，例如将"仔"（男友、男伴）说成"吊例"，其实是直接借用上世纪前期澳门茶楼已常用的暗语"吊礼"。

二、名传粤澳的"太史公""太史五蛇羹"

与饮品、食物有关的信史、野史、民间传说，是传统饮食文化的重要部分。一面叹"一盅两件"，一面漫谈与所饮所食有关的传说、故事，是广府人、澳门人闲适生活的传统。

在粤澳饮食界中流传得特别长久而广泛的，是关于"太史公"和"太史五蛇羹"的传说。

"太史公"就是江孔殷（1864—1952），广东南海人，字少荃，号霞公，因为南海方言中"霞"与"虾"发音近似，所以地方上的人叫他"江虾"或"虾公"，师从康有为。他是晚清光绪三十年（1904 年）中国最后一届科举殿试二甲进士，与状元刘春霖、榜眼朱汝珍、探花商衍鎏同科，又与商衍鎏和同科进士李际唐同进翰林院。江、商、李三人都曾在澳门住过，老一辈澳门人都称他们为"太史公"。上述五人同时与粤港澳三地上流社会的人有来往，其中居住现时南湾湾景楼原址的商衍鎏曾捐款资助粤华中学。

在辛亥革命前，江孔殷助两广总督岑春煊办学务，功授编修，是广州政界名人，更有"百粤美食第一人"的美誉。他在广州河南同德里住的大宅，时人称为"太史第"。"太史第"中有"太史菜谱"，江氏经常以家乡特色美食招待亲友，其中不少是军政要人。"太史菜谱"的名菜都被人冠以"太史"二字，如"太史豆腐""太史鸡"等。当中又以"太史五蛇羹"最负盛名。"太史五蛇羹"中的五蛇，包括金环蛇、银环蛇、水蛇、锦蛇、眼镜蛇，是岭南常见的蛇类。

清朝灭亡后，江孔殷往香港经商。1930年返广州，1938年广州被日军侵占之后，再往香港，大约在香港沦陷期间比较长时间寄寓澳门。澳门最有名气的六国茶楼自这期间开业后，在大堂上高悬《颂辞》，其中"肴荐国香，羹调国手"八个字，据坊间所传就是指以菊瓣为作料的"太史五蛇羹"。六国茶楼自1990年结业之后，仍于博物馆留存开业时由江太史所书"六国饭店"横匾。议事亭前地龙记酒家（亦已结业），遗存他所书"广能秀斋"横批。澳门史上最显赫的商人卢廉若1927年逝世遗下的《哀思录》中，载有江氏所赠的挽联。1927年澳门举行有奖征诗活动，7856份应征作品中，收录200篇成书，而担任评判和撰写诗评的，就是江孔殷。由此可见江孔殷与澳门人尤其澳门饮食界渊源之深。直至现在，虽然"蛇王芬"（原店在澳门白眼塘街）等港澳以"蛇王"冠名，以"太史五蛇羹"等野味名菜招徕的食店自十多年前"沙士"和"禽流感"肆虐后被政府限制业务乃至歇业，但各大酒楼仍有"太史五蛇羹"作为主菜上台。

三、从三蛇羹到老婆饼

除"太史五蛇羹"之外，从广府传来澳门的著名食品种类还有很多，例如：三蛇羹、"龙虎凤"、沙河粉、白云猪手、状元及第粥、鸡仔饼。

三蛇羹和"龙（蛇）虎（猫）凤（鸡）"是清朝光绪年间居住广州一个擅捉蛇的人创制的。他叫吴满，与江孔殷是同时代的南海人，所以笔者认为"太史五蛇羹"与三蛇羹有互相承传的关系。只是两人的身份不同：江孔殷以太史名衔和诗、书、画扬名，而吴满只是个"蛇王"，他自己开设以吃蛇为主的餐厅取名"蛇王满"。但吴满对澳门以至香港的影响也很大，他的三蛇羹、"龙虎凤"和以"蛇王"冠名、以蛇羹为主菜的野味店传统也传来港澳了。

粤澳吃蛇的嗜好没有传到葡国。笔者在葡国留学时与当地人讲起我们吃蛇、鸽、鼠、禾虫等动物，他们听了都惊呼怪叫。这是饮食文化不同的关系。但还有沙河粉、白云猪手、状元及第粥等粤式美食传到葡国，在澳门移民开设的一些食肆可以吃到，甚至可以听到一些有关的民间传说。

传说沙河粉是清朝末年广州市沙河镇一间名叫"义和居"的小店创制的。店主樊阿香施粥救了门外一个饿病的老翁，老翁教他将磨好的米浆倒入窝篮，形成薄层，再放入锅里蒸熟成粉皮，切成条状，成为沙河粉。

白云猪手是沙河镇的另一品牌。镇里白云山一个寺庙的小和尚，趁师父、师兄下山做法事，偷偷买来猪手，准备破戒煮吃。不料大和尚突然回来，小和尚慌忙将猪手扔入寺后的山泉里。待大和尚率众再外出，小和尚捞回山泉浸溶了油脂的猪手煮了，惊觉味道特别爽甜醒胃，消息传开，终于在当地坊间演变成用清水浸过猪手然后用糖和醋来煲的广东名菜。

状元及第粥也是广州传来的传统坊间美食。传说明代广州状元伦文叙年少时已颇有才气，由于家贫，上街卖菜顾不上吃午饭。一家粥店的老板怜惜他，天天买他一担卖剩的菜。伦文叙把菜送到粥店时，老板以店中用剩的猪肉丸、瘦肉片、猪粉肠、猪肝、猪肚等生滚米粥，再放些姜葱，送给他权作午餐。几年间天天如此，伦文叙对粥店老板非常感激。后来，伦文叙的才学惊动当时的广东巡抚，巡抚资助他专心读书，终于在殿试中力压湖广名士柳先开，获明孝宗点中状元。伦文叙衣锦还乡时，再到粥店致谢，同时请老板再煲他以前常吃的那种粥。那种粥未有名，老板请伦文叙命名，伦文叙认为自己高中状元与那种粥很有关系，于是取名为"状元及第粥"。现在澳门大致上每间粥店都有状元及第粥供应，反而内地经历"文革"等政治运动之后已难得一见，同类材料做的粥一般只称为猪杂粥。

在澳门可以随处尝到并听到有关传说的广东古传美食，还有广州南园酒家用多种禽肉、海味等创制引致隔壁和尚越墙来吃的"佛跳墙"、广州河南成珠茶楼东主伍紫恒家中小婢小凤创制的鸡仔饼、佛山盲公何声朗夫妻档创制的盲公饼、佛山石湾莲塘村村民陈太吉创制的陈太吉酒、潮州村妇创制的老婆饼等等。其中老婆饼又衍生出老公饼。

太史五蛇羹、状元及第粥等食品的名称及有关传说虽然在广东受到上世纪"文革"等政治运动的打击而濒于湮没，但在澳门至今依然盛传，其中老婆饼在澳门乃至珠海等地方还衍生出老公饼，这是澳门保存和发扬广府传统文化有功的例子。

四、彰显澳门作为中西文化枢纽的食物

另一方面，传入广东的澳门特有食物和有关传说也不少，近几年在广州、珠海等城市也热销的著名甜品——葡挞（即葡式蛋挞 Pastel de Nata）是其中一例。

据澳门葡裔人相传，它是十八世纪葡萄牙里斯本贝伦区热罗尼莫斯修道院（Mosteiro dos Jerónimos）的修女发明的。当时葡萄牙的修道院需要用大量蛋白为修女袍等教会服饰浆纱加工，于是剩下大量的蛋黄，修女们便用来创制以蛋黄为主要材料的甜品。至 1820 年代修道院关闭后，葡式蛋挞的制作配方流传于贝伦区坊间。及后葡挞传到澳门，成为东方世界特有的葡式甜品，是澳门外来游客购买的最热门货品之一。

然而，今天在澳门旅游区较常见的葡挞，制作方式和味道与早期葡国本土传来的不尽相同。它是经由居住澳门的英国人安德鲁·史多（Andrew Stow）改良的。安德鲁于 1979 年大学毕业后来到澳门，与葡女玛嘉烈（Margaret）结婚。安德鲁在食品公司任职时学到一些技术，再经夜晚在旧凯悦酒店"绿鹦鹉"的士高兼职时由葡裔管理人员授予葡挞制法（不是里斯本贝伦区那间著名葡挞专门店的秘方，该店知悉秘方的只有三人，从不外传）和制作葡挞所用的饼底模具。1989 年 9 月 15 日，安德鲁和玛嘉烈在路环岛开设了"安德鲁饼店（Lord Stow's Bakery）"。安德鲁尝试在包括面粉、鸡蛋、砂糖、牛油等材料之外，加入英式鲜奶油，减少糖的用量，于是焗制出不同于传统葡式口味的蛋挞，吃法也不像贝伦葡挞那样先要撒上肉桂粉。安德鲁和玛嘉烈后来离婚，路环安德鲁葡挞店自 2006 年安德鲁逝世之后由他的女儿欧迪（Audrey Stow）继承。

彰显澳门作为中西饮食文化枢纽角色的还要提到西洋菜、生菜和腰果。

在一百多年以前，一艘往东方贸易的商船从葡萄牙航行到印度洋，船上的人发觉其中一个年轻的水手有肺痨病，恐怕他把病传给其他人，于是忍痛把他遗弃在一个荒岛上。这个水手靠每天吃岛上一种水草和滩边、小溪里的鱼、虾充饥，竟然过了好几年没有死去反而康复了。后来有另一艘往东方的葡国商船把他和这种水草带到澳门来，澳门人就将这种水草称为西洋菜。不久，西洋菜就传入广东。

生菜更早于明末清初由葡人从欧洲带来澳门，再传入广东广泛种植。到了清末，南海县官窑乡生产的生菜，成为运送北京的贡品。"生菜"这名称，也是由澳门传入广东的。这种菜可供生吃（葡人习惯生吃蔬菜），所以澳门华人叫它"生菜"。由于"生菜"（谐音"生财"）意头好，至今常用于粤澳吉庆筵席和婚嫁、舞狮采青等活动。

腰果原产于前葡国殖民地巴西，葡人在十六世纪将它传到印度的果阿，然后引入澳门。借着经澳门进入内地传教的耶稣会教士卜尔格用文字和图片介绍，腰果首先在云南、广西一带种植。

五、源于欧洲的下午茶经澳门传入广东

经澳门传到广东珠海等城市的外国食物还有很多，例如葡国的葡国鸡、日本的寿司和天妇罗、马来西亚的喳喳、缅甸的椰汁鸡面、泰国的贵刌、越南的檬粉等。葡国传来澳门的Ketchup，中文译作"噏汁"，一般中国人以为是欧洲特产。其实欧洲的这个词和这种主要用鱼制的调味品，都来源于澳门，

而最先起源于福建厦门。相传昔日厦门人将这种用鱼制的调味品传到澳门的社区（主要是望厦村，"望厦"就是"怀念故乡厦门"的意思，600多年前已有南来的厦门人在这条当时还属于香山县的村落聚居，1883年才被编入澳门户籍），再由澳门传到马来西亚、葡国，然后作为舶来品传回澳门，近年我在珠海也见到它。这就是一种"出口转内销"现象。

更有重要意义的是，澳门既将广东的饮食文化传到欧洲，又将欧洲比较科学、便捷的饮食习惯传入广东，再经广东影响内地许多城市。

原本广东饮茶的嗜好于1607年最早经由澳门传到荷兰、葡萄牙，再传到英国。制作和饮用牛奶加入茶汤而成的奶茶，也是荷兰商人于1655年经澳门往返广州出席宴会时学会而传返荷兰、欧洲的。荷兰人于1701年前后兴起叹"下午茶"（通常是饮红茶或红茶配制的奶茶，同时吃几块面包）的风气。而英国贝德福郡女伯爵安娜夫人则于十八世纪在英国和欧洲将"下午茶"发扬光大，随后"下午茶"经由澳门传入广东。除了自古以来由葡裔人传播之外，当代亦有缅甸归侨将英国传给缅甸（缅甸曾经是英国殖民地）的"下午茶"传来澳门，再经澳门传入内地（部分缅甸归侨经澳门到广东等地定居）。这样，有益健康的少食多餐（每日四至五餐）习惯，逐渐改变内地自古以来的大食少餐（每日二至三餐）习惯。除了下午茶之外，经澳门、香港传入广东的还有快餐文化。

结语：共融的饮食文化造就共荣的良好条件

综观以上所述，粤澳两地饮食文化（包括语言）的共融，既有长久的历史，又有丰富的内涵，这就为协同弘扬两地饮食文化，其中具体地包括两地合作宣传、推销名优饮食产品，造就了非常好的条件。

许多合作的方式、方法有待各方洽商、计划才可以订出。但笔者自从 1999 年在葡国留学时到科英布拉市政府的文化暨旅游厅实习之后，认为粤澳有必要参考、效法葡国和欧洲官民合办旨在弘扬地方饮食文化、推销土特产的活动。这种由官方资助和指导的活动，通常以嘉年华、××节的名义每年定期在不同市、镇举行。

活动举行时，无数大小摊档装饰各显特色，一层层地围住中间一座舞台，进出路径只有一条。任何来客只要进了门，就必然经过每一个摊档，同时进行购物、吃喝、参观、洽商、订货等活动。每日活动的高潮是当地名优产品，例如大南瓜、陈年佳酿之类的评选拍卖、斗吃斗饮、著名艺人表演和什么"皇后""公主""仙子"之类的竞选（参选者多为各摊档代表，选后成为摊档的招牌），借以提高新闻价值。当地民间传说的人物，常常是现场表演和广告宣传的角色。最后的节目，是所有在场的人一起跳舞。

东亚近年亦有类似活动，例如台湾的"凤梨节"，选出"凤梨仙子""凤梨西施"上镜内外电视去做宣传促销的"大使"。

笔者认为在粤澳轮番举行这样的活动，比现在每年由澳门特区政府支持、邀请缅甸、泰国等世界各地店号参加的美食节和由广东各地方政府邀请澳门社团参加的啖荔团之类活动有较好的效益，尤其在宣扬两地共同饮食文化，促销季节性产品（避免货多价贱甚至大批腐烂）方面。例如，粤澳也可以有"杨贵妃"推销"妃子笑"等当造的荔枝，宣传荔枝排毒养颜的好处；也可以有"葡挞宫主"；也可以有"复活"的江太史、伦文叙、陈太吉、小凤。

梁仙义路环逃难遇天后"显灵"

在一百余年之前，有个著名的江湖人物，叫作梁仙义。他本来住在与路环岛隔海相望的大横琴岛，在二井围雇佃农种地，相当富有。正是由于他富有，当时盘踞路环岛的林家四等绿林团伙频频过海来，就近向他"借"米粮。他不胜其扰，于是率领心腹人等离开大横琴。他不是逃避到远处，却迁到路环来。原来他听人说"盗亦有道""老鼠唔食品（储存稻谷的大型竹器）边禾"，来到路环住下来反而不会被盘踞路环的海盗欺负，依照传统反而会受到保护。

果然他在路环与绿林中人相安无事，而且称兄道弟，互有来往。不料过了一段日子，朝廷闻得广东珠江口一众盗贼长期盘踞路环岛，抢劫来往商船，包括来华进贡和贸易的船只，于是责令广东官衙派兵进剿。时任广东水师提督的李准领命，率领二十艘火船（由蒸汽机推动的小型战船）杀奔路环而来。

当时身在路环的梁仙义闻讯大吃一惊，自知官军攻入路环之后，自己必受连累，于是乘黑夜带领心腹手下十多人逃遁。当时官兵火船已迫近路环，呈围拢之势。梁仙义一伙恐人多目标大，便分成几小股。他与贴身护卫跳下了早已在岸上准备的小艇，正在这时，一艘官兵火船驶近，梁仙义等连忙伏下舱中，但无人撑艇，艇始终开不动，无异于等死。梁仙义急中生智，连忙与随从从船舱跳下海，一起泅水推动小艇出海。果然得计，官兵似乎以为一只小艇在风浪中脱缆，空船随水漂流，虽然各持枪械，黑夜中却没有开火。梁仙义一伙静静地一面泅水，一面合力推动小艇缓慢地向对面方向移动。到了海中心，由于遇上回旋的水流，小艇在海水中转了几圈，也由于过分惊惶，他们在夜雾迷茫中找不到去大横琴的方向。梁仙义更恐怕会撞上官军的船。原来这是黎明前特别黑暗的一段时间，他忽然想起传说能在海上救难的妈祖林默娘，于是命手下一起合十默念妈祖的名字，哀求妈祖营救。几个人默念一番之后，实在疲劳得很，便趁黑夜爬上小艇，横卧舱下喘气。不久"奇迹"出现了，东方天边出现鱼肚白，梁仙义见到曙色正好在路环天后庙的屋顶上，于是顿然省悟去大横琴的方向。曙色中他见到已离官军火船较远，于是与手下一起拚命爬起来用力划船，直向大东湾划去。

梁仙义脱险之后不久，李准率官兵向路环进袭。岂料他们估计错误，原来路环的海盗拥有从走私客手上买来的日本制军械，火力很猛，官兵一下子就败下阵来，灰溜溜地逃回广州去了。

官兵撤走后，梁仙义回到路环，他逢人便说天后娘娘在黑夜的海中救了他，并且择个吉日，携备三牲酒礼，到天后庙酬神。他还变卖部分家产，将天后庙装修一番，当地民间相传，至今庙中有些神器是梁仙义当年所置。梁仙义此举，令他在路环提高了声望。

1996 年于路环街坊四庙慈善会会址采录，讲述者是路环街坊四庙慈善会李兆豪、邓荣添等一众值理。

附记：

海盗盘踞路环的时间长达几百年，主要盘踞在黑沙村与九澳村之间的山上。其中著名海盗首领林家四（有写作"林瓜四"，大香山方言中"家"与"瓜"同音）盘踞黑沙村东北面虎骨塘石洞一带。至今路环留下的海盗痕迹有虎骨塘石洞内的一个石灶和竹湾海滩的劏人石。

从1840年起，澳葡军队向路环海盗进攻。1864年冬被海盗击败，连建筑在荔枝碗的炮垒都被海盗攻占。1908年春，葡兵占九澳山修筑营房、工事。1910年7月12日至13日，澳督意度亚玛忌士以营救广东被掳富户肉参为由，出动海陆大军，彻底打败海盗，从此占领路环全岛。澳葡海岛当局最初委任的路环盐灶湾地保就是梁仙义，他代替香山县清朝政府委任的地保林安。

清朝广东水师提督李准从路环兵败回到广州，至1911年武昌革命后，在江孔殷（人称江太史，是粤港澳文化名人）力劝下，与两广总督张鸣岐一起拒绝镇压起义军，宣布广东独立。

路环与大小横琴之间的海面，昔日有回澜（回旋的水流），至今谭公庙门联"石角钟灵符笔岭；回澜胜岛宛蓬莱"可以证明。现在不见回澜是因为外十字门大规模填海。

五十一年来的"地理王"

黄就顺老师虽然已经八十七岁，仍笔耕不辍，诲人不倦。他将近期在报章发表的文章和在政府机构、社团所办演讲会、课程的讲稿等整理，叫我为之编辑成书，由澳门写作学会出版。我在五十一年前是黄老师的学生，当年已对他的学养和风范敬佩得很，对他的训示敬畏得很，所以哪敢违命？鉴于三年前已由澳门历史教育学会出版了他的《澳门的天地人》初编，今次所编仍以澳门的天文、地理和人文社会为主要内容，因而以《澳门的天地人·续编》为书名。

自从开始编这本新书，我对黄老师的回忆便在脑中油然而生，不绝如缕。

1963 年 9 月，我从中山县第八区乾雾人民公社马山大队（现属珠海市斗门区乾雾镇）来澳一年余，经英文补习老师介绍，入读位于南湾街（现称南湾大马路）的圣若瑟中学男校（原址在现时的中华广场）中一甲班。才开学不久，我在学校门口见到对面街中（那时还未形成安全岛）的榕树下停泊一辆后来俗称绵羊仔的轻型电单车（当时有人称之为"及及仔"，那年头驾电单车的人还很少），我问是哪个先生（老师）的，一个较高班的同学说："这就是那个'地理王'的电单车，我相信他把我们中学全部地理课都教了，刚才从女中部（在大堂街）来，一会儿又要到培正中学去。"这样想来，我相信那就是澳门教育界历史上第一部电单车。

我班随即上的课正是地理。果然见黄就顺老师准时来到教室门口，全班同学很快安静下来。我坐在第一排，见走进来的他似乎忘了带教科书，便低声"提醒"他。黄老师却笑着指一指自己的脑袋，说："有带，在这里！"我现在明白，他当时"担"的班级那么多，如果每个班级都带去一本教科书和一本教案，恐怕连"绵羊仔"也载不下呢！

很快我就惊讶起来，黄老师不用看教科书和教案，讲起课来却非常纯熟，说话和动作顺畅得如行云流水。那一节教的是江苏省，但见他一边讲，一边用粉笔在黑板上画地图。地图画得很快，只几秒钟就将海岸、长江、运河和众多湖泊、城市都画出来，而且没有分毫差错。他画到哪儿，就将涉及那儿的知识随口讲述，无论数据、人物、风景、典故甚至民谣都随口道（唱）出，如数家珍，而且不断补充书上没有的新知识，例如最新建成的铁路、桥梁等。将近下课时，黄老师总结他讲的这一节课，叫我们跟随他抄笔记。他无须看教案，用粉笔在黑板上写笔记，真是不假思索，一挥而就，神乎其技。只听了这第一节课已令我印象十分深刻，也使我从此对地理课分外有兴趣。

黄老师虽然常会空手来上课，但其实教学态度是非常认真的，也是特别严格的。由于他讲课声情并茂，十分动听，所以通常课室里都很静，但偶尔有个别同学小声说话，都会被他认出，于是马上批评（不是骂），即使班长也不例外，所以他讲授的效率特别高。

那是下学期的一节地理测验，我坐在全班倒数第二排。还有大约十分钟下课时，我刚写完答案，正用双手拿起测验卷作最后查阅。这时坐在我后面的同学由于不懂作答，乘黄老师转过身去写黑板，突然夺过我的测验卷，就匆匆埋头抄答案。然而黄老师对学生的这类伎俩早有防范，他转过头来，马上饬令那个同学"将测验卷交出来"。那个同学竟然将我的测验卷拿出去，而将他自己的遮盖。这样我的测验卷实时被黄老师撕碎，直至那个同学托我递交他的测验卷我才醒悟。我为了避免同学进一步受罚，也为了避免妨碍黄老师到下一班讲课，所以没有投诉。后来这一段我的平常分果然得了零分，我只好在以后的两段加倍努力，到期末才扳回到这一科总平均七十六分。现在回想起来，我实在还感谢黄老师，由于他的严格管教，促使我努力学好地理知识，进而能够学好与地理有关联的历史知识。由于他的严格管教，更使包括我在内的他的学生们在地理知识方面并无多余的"水分"。

超过半个世纪以来，闻得黄老师的无数学生和同事的话，都一致认同他治学严谨甚至有些执着的这种态度。他写文章和为演讲准备讲稿（包括图、表）也从来都是一丝不苟的。八十多岁的老人，并不全依赖以往的经验，至今数十年如一日，仍坚持积书剪报，储存关于天文、地理、人文社会等多方面的最新资料和图片，以致他家都变得像个图书馆、资料室。我以往写文章，包括写关于澳门石景的两本书时，都去过他家，由黄老师提供珍贵资料。

我早前看已出版的《澳门的天地人》初编，已深深钦佩黄老师调研之周到、学问之渊博和写作之严谨，如今再看《澳门的天地人·续编》，觉得这种优良的学风、文风得到进一步的实践和发扬，这将大有裨益于当世和后世的芸芸读者。至于新书中丰富而实用的内容、新颖而精辟的论述，就留待读者详加品鉴吧。

驰笔至此，我想起三年前曾写过一首嵌字全对偶七律，表达我对黄老师著作和长期从教所作社会贡献的敬仰，现在容我转录于此，作为拙文的尾声：

"地理王"黄就顺老师从教六十周年座谈会
暨《澳门的天地人》发行仪式志庆

澳埠有黄耇，门徒满画堂。

天南弘圣道，濠上播灵光。

地理王名就，人文业绩彰。

六旬经逆顺，三卷蕴芬芳。

和尚凭《忆江南》词自救

　　明朝时候，岭南有个年轻和尚趁春光明媚，到珠江口一个叫香山澳的海岛观光踏青。来到妈祖阁前，正好见到一群佣人簇拥着几个刚从妈祖阁进香出来的妇人，他一看，觉得无非是庸脂俗粉，也就不以为意。忽然眼前一亮，迎面来了一个身穿绿罗裙，柳腰款摆，婀娜多姿，而且甚有书卷气的少女。他心想，"这小姑娘大概是十四五岁吧，谁家闺女呢？这样的妙人儿，真是难得一见啊！"他一直呆呆地目送少女进了轿离去。忽然，脑海里浮起一阕《忆江南》词，便不由得坐到石凳上，凑着身边的岩石，秉笔把词写下来。

　　《忆江南》刚写完，还未来得及拿起来细读，忽然走来两个如狼似虎的公差，其中一个将写上词的纸夺去，厉声喝道："你这秃奴，我们监视你很久了！你刚才双眼老瞪着马员外的千金，然后在这里写什么？"另一个公差说："还用问吗？一定有不轨图谋！"接着，两个公差看那阕词，原来写的是：江南柳，嫩绿未成荫，枝小那堪攀折取，黄鹂飞上力难禁[①]。留取待春深！

　　两个公差说："这回有罪证了！"于是把和尚拉扯上船，押到二十多里外的县衙（香洲附近的山场）去。

　　县官升堂，把和尚的《忆江南》看了一遍，便不由得笑

---

① 禁，音"金"，是承受、耐久的意思，如：弱不禁风。

起来，对和尚说："你写这阕词本来没什么罪，然而身为和尚，写"黄鹂飞上"四字，可真有点儿冒犯马家千金之嫌。我写一纸判词给你看，要你即时自辩，若我看你的辩词不满意，你今天休想回寺去！"

和尚看县官掷下的判词，原来写的是：江南竹，巧匠编成笼筒，付与法师藏法体，碧波深处伴蛟龙。方知色是空！

在公差的催促下，和尚很快把辩词写好。县官接过来看，见纸上端端正正地写的是：江南月，如镜也如钩。如镜不临红粉面，如钩不上画帘头。空自照江流！

这县官素来是个爱才的人，不由得暗自佩服和尚的才思，当场面露笑容，把和尚释放了。

1962年春季采录于澳门青洲石仔堆平民屋，讲述者是摆档租书的约六十岁老人。

陈芳怒购维多利酒店

一百多年前，澳门南湾海边有一间维多利酒店（或译作域多利酒店），楼高三层，每层东面都有一排向海的拱形轩窗，与大致上同期建成的西望洋山峰景酒店是当年全澳门最豪华的酒店，都具有欧陆建筑特色。

有一天，一个华人老翁到了澳门，走进这间酒店的大门，正拟付钱投宿，却被两个身穿英式制服门卫的其中一人手挥铁棒拦住了。酒店里的外籍接待人员只有这个门卫略懂粤语。他说："中国人？唔做得入去住！"这下子可把老人家惹怒了。

这老人家可不是普通的中国人！他是香山县杨梅斜村（今珠海市前山镇梅溪村）人，姓陈名芳，曾经居住澳门，从澳门到夏威夷营商超过半个世纪。当时他刚从夏威夷返家乡不久，由儿子陈席儒、孙儿陈永安、孙女陈妙颜跟随来澳门。他从夏威夷带回来六十万美元，这在当年的小城可是个"天文数字"，因为那时一美元大约折合十七港元，而在澳门建一栋两层高楼宇大约只需五千港元。

陈芳拨开门卫的铁棒，昂然踏进大堂，找到酒店英国籍老板爱德华。爱德华一见他是个华人老头子，正想叫身边的职员将他带走，忽听陈芳讲出流利的美式英语，令他当堂双眼瞪大，赔着笑脸请陈芳进了经理室。

原来当时随着鸦片战争结束，香港开埠，东西方贸易枢纽的角色已从澳门的浅水港转到香港的深水港去，维多利酒店的生意大不如前，投资营运者早有卖盘的主意。

大约两个小时后，陈芳步出经理室，看样子余怒未消。他再走到大堂前，这时洋老板已应陈芳的要求，把全部职员都叫来，听陈芳训话。陈芳厉声宣告："从现在开始，我是这家酒店的新主人，以后不准拒绝华人进来住宿！"职员们都大吃一惊，纷纷鞠躬点头，齐声应允，随即簇拥陈家众人进入最大最豪华的客房。陈芳两小时怒购维多利酒店的壮举，当时在澳门成为头号新闻，更在澳门和香山的民众中传为美谈。

陈芳生于 1825 年。他的父亲陈仁昌当年是澳门富商，因而陈芳小时候受过良好的教育。陈芳十四岁时父亲去世，他随叔父在澳门、香港学做生意。1849 年二十四岁的陈芳随叔父从澳门到夏威夷。他主要凭种植甘蔗并用甘蔗制糖，向美国倾销蔗糖成为巨富。三十岁以后成为夏威夷国王义妹的丈夫。1881 年获光绪皇帝任命为清政府驻夏威夷总领事。晚年与妻子分产后回到澳门，将以五千美元高价购入的维多利酒店，改用富有中国特色的名称——兴记酒店，又称"四海芳园"。他还将荷兰乳牛养殖业引进澳门，并出资修建一条十公里长的石板路，从家乡直通澳门关闸。1906 年陈芳在澳门病逝。1928 年这间酒店经易手后改名为利为旅酒店，至 1974 年经拆卸后改建为南通商业大厦，1998 年再经拆卸改建，现称为南通商业中心，主要作为中国银行澳门分行新马路支行办事处。随同陈芳到澳门的儿子陈席儒和孙子陈永安，曾先后担任过广东省省长和香山县（今称中山市）县长。

绝对有效的秘方

从前，澳门有个初出茅庐的小伙子，因为家里的床铺木虱多，夜里睡不好，便到街市和街市附近买治木虱的药。找了半晌，找不到木虱药，却见到一个仙风道骨模样的老头子摆摊子，摊子上卖的多个匣子的包装纸，全写上"绝对有效的治木虱秘方"的字样。小伙子上前问："若然无效怎么办？"老头子斩钉截铁地大声说："赔你十倍货款！"小伙子见售价不算贵，便抱着尽管一试的想法买下了。

回到家里，小伙子费劲地解开包装纸，揭开匣子，见到里面又有几重别出心裁的精致包装。他心急地逐层拆开，却似乎见不到什么东西。终于在仔细查看之下，发现一张手指甲一般大小的小纸块，上面端端正正地显现两个字：勤捉。

当北佬与鬼佬在澳门遇上

有一个来自内地北方的男子，人称"老嵩"，是个有头有面的斯文人，某日带了他的妻子去会见他在澳门相识不久的外籍朋友佐治。这个不久之前来自欧洲的男士不懂中文，于是老嵩临时请来一个略懂英语和普通话的澳门小伙子阿吉随他们去权充翻译。

到了会面的地点，老嵩按照社交礼仪向对方介绍自己的妻子。佐治记住早已听到的朋友叮嘱：当中国朋友介绍自己的女伴时，不可以按欧洲的风俗轻吻她，但佐治不改口花花的个性，仍按西方男士的习惯将老嵩的年轻妻子赞美一番。

"Oh，your wife is very beautiful！"佐治说。

临时翻译阿吉这次大致上没有译错，他基本上是逐个字地译："噢，你的妻子十分美丽！"

老嵩听明白了，便按照中国人的谦虚习惯和习用语回应说："哦，哪里！哪里！"

阿吉便照"译"成英语："Where？Where？"

佐治听了觉得有点摸不着头脑，心想：大概中国人与欧洲人不同，喜欢这样问个究竟吧。于是他勉强地随口回答："Her eyes."

阿吉轻易地照译："她的眼睛。"

老嵩又按照中国人的谦虚习惯和习用语回应："不见得！不见得！"

"Cannot see ！ Cannot see ！"阿吉照"译"。

佐治听了大吃一惊，他走近去注视老嵩妻子茶色眼镜下的双眼，好一会儿显出怜惜的表情，心想："可惜啊，这么年轻便瞎了双眼！……"

糊涂医生与精明病人

从前，荷花镇住着一个"著名"的医生，叫作胡滔。他虽然学过多年西医，医生也做了好几年了，但替病人治病很不小心，多次闹出严重的事故，所以镇里的人给他起了一个绰号，叫作"糊涂医生"。

有一天，胡医生在镇里的医院替病人何伯做割除盲肠手术。他从早上到中午忙了几个小时，满头大汗地把手术做完了。接受过麻醉药注射的何伯慢慢地苏醒过来，却看见刚收拾好手术工具的胡医生忽然瞪大了眼睛，张大了嘴巴，"呀——"地大声尖叫。

"糟糕！糟糕！我的一把手术钳……丢了！"胡医生说。

"丢了什么？……哦，丢了手术钳？那不要紧，我替你买回一把！"这个拥有一大片菜园和牧场的病人这么说。

"可是，你不知道，手术钳这十五厘米长的小东西是刚才丢在你、你肚子里，忘记拿回！"

"这有什么关系？"

"对不起，那恐怕要把你害、害死……"

何伯这才又吃惊又愤怒地扯住糊涂医生的白袍大叫："你这糊涂鬼啊，我要你赔命！我要你赔命！"

何伯按响了求救钟，经过差不多全院外科医生的合力抢救，算是上天保佑，才在危险中把他肚子里的手术钳拿出来。

医院对于治病救人一向要求严谨，因此院长知道这一事故之后十分震怒，实时召胡医生去狠狠地训斥一顿，下令他暂停职务，要马上回家去写报告，向上级汇报事件的详情，反省自己的错误。

胡医生夜以继日在家里赶写意外事件的检讨报告。夜深了，他虽然很渴睡，还是提笔一张纸一张纸不停地写。为了提神，他叫家人送来一瓶外国名牌特制咖啡，准备一面喝咖啡一面写字。桌上那一瓶热咖啡就放在一瓶墨水旁边。最初，胡医生还记得哪一瓶是深棕色的咖啡，哪一瓶是黑色的墨水，可是当他写到头昏脑涨、昏昏欲睡的时候，竟一股脑儿地把整整半瓶墨水往口里倒下："奇怪，这咖啡好像忽然变味了？"

他慢慢地睁圆了眼睛，看见书桌上的半瓶咖啡："这就更奇怪了，怎么还有半瓶咖啡在这里？"

胡医生愣了一会儿，才看清手上拿着的是墨水瓶，回过神来仔细感觉口中的苦涩味道，猛然惊觉："哎呀，我的大，这墨水好呛喉呀！还坏肚子呢，我得回医院急诊室洗胃呀！"

但是他又想：这回手术钳事故的检讨报告还未交，又闹出乌龙，若给院长知道，恐怕连检讨报告也不用写，马上要"炒鱿鱼"了！而且做医生连这点小事故也不能处理，也够羞人的。好在家里还有引发呕吐的药丸，药名是 I110，只要吃两粒这种药丸，把错喝的墨水呕出来就行……这样想着，便从药柜里取药。

殊不知胡医生一时慌乱，竟把简写为 II10 的药错认作 I110。这 II10 是什么药？原来这种药不但不会引发呕吐，而且一经与墨水相混，便起化合作用，引致胡医生的双眼看东西一片迷糊，失去九成半视力。

"不得了啦，这回非得回去医院求救不可！这面子嘛，顾不得许多啰！"胡医生无奈地摸索着穿上衣履，虽然外面早就雨后放晴，仍特意戴上塑胶制的帽子，然后摸索着走出门口。"幸好往医院的路是熟路，若要让人牵着走，这乌龙事恐怕就要'穿煲'了！以后还有谁来找我看病？"他口里这样嘀咕着，不料糊涂医生既视力模糊，又走得太心急，他走过了医院急诊室的门口，感觉有人从身边走过，便装着若无其事的样子，挺直腰板踏开绅士式的脚步，这样就迷了路，一直走到郊外。视野更模糊了。忽然感觉好像有一只巨大的、四只脚的动物从身边走过，他一时很害怕，但不知往哪边逃。转过念头，心想荷花镇不会有老虎吧？于是他伸手去一摸，刚好摸着这动物的尾巴。啊，还好，运气虽然迟来，但终于来了。这显然是一匹马，相信是玄沙湾赛马场走失的一匹老马。古人说，老马识途，让我骑上老马，拍拍它的屁股，它准会把我送到马场。那里有诊所，事到现在已经到了下半夜，只有马场还有人，管他是马的诊所还是人的诊所……"

看官请猜猜这其实是什么动物？原来是一头牛！话说何伯在郊外离马场不远的牧场巷农场养了几头牛和几头猪。这天傍晚，两头公牛为了争草吃，在母牛面前展开角斗，初时互相对峙，以角相抵，后来动了肝火，展开剧斗。其中一只年龄较少的气力较弱，给对方用角撞盲了眼睛，双眼只剩下百分之五的视力。这头倒运的牛被追逐之下冲倒篱笆，逃到农场外面，疲劳得跑不动，给糊涂医生骑上了。

盲眼的医生骑着盲眼的牛。盲眼的牛驮着盲眼的医生，跌跌撞撞地往前走。四周没有人声，只听见蟋蟀在不停地叫。走呀，走呀，横过小路，穿过树丛，在农场周围转来转去。胡医生心想，怎么这么久还未到马场？

这时候盲眼的牛因为刚吃了干草，觉得很口渴，忽听一声蛙叫，便凭它的嗅觉，走向它熟悉的水池。

因为夏天刚下过雨，这逾十尺深的水池涨满了水。水池边没有栅栏，雨水早就把池边的泥弄得又松又滑。盲眼的牛驮着盲眼的医生一步一步走近水池。牛背上的胡医生这时心想：该到达马场了，总该有个练马师或者什么的来迎接我吧？毕竟我是把走失的马骑回来了呀！……

他这样想时，一幕渴牛奔池的"重头戏"上演，牛听到水池中蛙声渐响，便起劲地加快脚步向前冲。突然"扑通、扑通"两声，牛和胡医生一起翻了个筋斗，栽进池水里，马上没了顶，连叫喊也来不及。

这时天色微明，这农场的主人何伯照例早起，先去生火煮馊，接着便到水池去舀水洗猪菜。

"雨刚在昨晚下过，难怪池水这么混浊。"何伯想。

"奇怪，今天的猫儿为什么总是不停地又叫又跳？而且，新买回来不久的小狗为什么老是绕着我的腿转来转去？"何伯看来有些不耐烦了。

毕竟这年届五十的老汉是个久历世故、秉性缜密的人，他走近水池时，看见水波纹逆向扩散："现在是夏天，吹的是海风，海在东南面，池水的波纹应该由东南向西北扩散，然而现在不是这样，这是什么缘故？"他在问自己。

他再仔细看池边，见到牛由远处来到池边的脚印，脚印尽处，水池边的泥土塌了一大块。"糟糕，我的牛掉进水里了！"他终于醒悟到有事故发生。

幸好池边至池底有一部分是呈斜坡状的，何伯连忙踩进池水里的斜坡，几经在水里搜索，才找到了牛。这牛是懂得一点儿水性的。何伯抓住缰绳，拼命地吆喝着往岸上扯，终于把惯于听他召唤的牛扯上池边。牛才爬到岸上，便喘着粗气一骨碌倒下来，不停地呕出肚里的水，虽然没有断气，却很久动弹不得。

何伯总算松了口气，他衣服湿透，正要收拾舀水用具回屋里去，不期然地瞥见在池里水面上浮起一顶满是泥污的塑胶帽子来。

这下子可把何伯也弄糊涂了："奇怪，奇怪，牛是不戴帽子的！"

倘若这时候何伯稍为大意，不理浮起的帽子，胡医生就必死无疑了。然而何伯不是那种大意的人，他走近水面，在越来越光亮的晨曦映照下，仔细看水里的动静。

"池边只有牛的脚印，没有人的脚印，但现在水里却还有些儿动静，不会是个水怪吧？"他嘀咕着。

忽然见到一串泡沫在水中浮起……

凭着老汉的细心和精明，胡医生终于在逐渐澄静的水里被发现并给拖上岸来。

只稍懂水性的胡医生浑身又湿又脏，模样看起来好像在演滑稽戏，犹幸还未断气，他一骨碌倒在地上，眼睛睁不开，也不能说话，只有很微弱的呻吟声。

何伯走近擦擦他脸上的泥污一看，吃了一惊："哎呀，你分明是胡医生，你从哪儿掉进水里去？是从天上掉下来的吗？……"

一会儿后，何伯定过神来，也不去想这个糊涂医生差点儿把他害死的事，为了抓紧救人的时机，他赶忙把胡医生倒背在自己的背上，让他头向地，脚向天，紧抓住他的双脚，就在农场里拚命地跑了几圈。

直至何伯肚里一连做过两次手术的伤口剧痛，身上再没有力气，他与胡医生一起倒在土堆上，气喘个不停。这时，胡医生原本胀鼓鼓的肚子恢复了正常状态，肚里的水在何伯奔跑途中已经倒流出来。

胡医生躺在土堆上慢慢睁开眼睛。半晌，他忽然掀动嘴唇，叫道："何、何伯，……我在哪里？你是人吗？"

这时候胡医生还未知道何伯在第二次手术中到底有没有活下来，甚至不知道自己是人是鬼。

原来胡医生喝饱了的池水从肚子经喉咙倒流出来，无形中自动洗了胃，加上他悔恨自己的糊涂大意和接连犯错而痛哭，泪水无形中也和池水一起冲洗了眼睛。

当胡医生知道何伯以德报怨，凭着谨慎处事和舍己为人的精神救了他，他显得非常惭愧，非常激动。从此以后，胡医生决心向做事认真的农民何伯学习，再也不敢糊涂了。这个病人反过来救治了医生的故事也就这样在荷花镇传开了。

第三辑　外国见闻

世界需要孔子

日前,《澳门日报》要闻版报道:国务院副总理刘延东在巴西出席里约热内卢奥运会开幕式前,访问圣保罗州立大学孔子学院(Instituto Confucio)。笔者首次从报上见到这么多白皮肤、黑皮肤、棕皮肤、黄皮肤的大人和小孩,在孔子学院笑盈盈地簇拥着到访的中国官员,心里很有感触。

可能许多中国人还不知道,其实孔子和孔孟之道,很早已经在西方传扬,并且至今一直很受尊崇。1593年,在澳门圣保禄学院学成进入中国的传教士利玛窦,已经将中国儒家的经典著作《大学》《中庸》《论语》《孟子》等译成拉丁文,寄到欧洲出版。

笔者上世纪九十年代先后留学葡国的里斯本和科英布拉,在跟一些葡国人开聊时,我问他们认识中国古今哪些人物。他们几个人异口同声地说,认识两个,一个是孔子,另一个是孙中山。原来,葡国的小学教科书已有介绍孔子和孙中山的课文。笔者更惊讶的是,葡国大学的一些学者对孔子的认识和尊崇,甚至比当代不少中国人更胜一筹!其中一个老教授的见解特别引起笔者的共鸣。他说:"现在葡国等国家不少年轻人,尤其共市、欧盟成立后,往往刚长大学成,便离开父母出外工作,从此去如黄鹤。在圣诞节前寄一张贺卡回家已经算是'亲情'了。"他又说:他教的葡国大学生,只把他当作普通朋友一样,而不是像中国学生采取亲人一般的态度。例如葡国学生与他见面时会问"É um professor？"（你是教师吗？）而不是"É um professor？"（阁下是老师吗？）他感慨地说："当代世人尤其年轻人，实在需要孔子的教化，孔子属于世界，世界需要孔子！"

另一个葡国朋友也曾对笔者说，关于伦理道德和如何孝敬父母，西方宗教教义甚少述及，这方面西方社会存在特别严重的事态和需要。现在唯有善用孔子学说才能解决好！

这些葡人的话，使我猛然想起，我们中国人曾经搞群众运动去"批判孔老二"。有些中国人去欧美留学的时候本末倒置，不去弘扬中国人的优良传统，反而学了西方人的不良伦理观念，将自己与父母、祖父母的关系，只看成是利益关系。

今天，我们作为中国人应该懂得愧疚，我们更应该为世人的伦理道德教化而猛醒！

关于四面佛的奇闻异事

氹仔柯维纳马路原本设有赛马车场，由于生意亏损，二十世纪八十年代末期改为赛马场，并由一个宗教团体从泰国请来著名的四面佛，供奉在赛马场门前广场右侧。这样有关四面佛的奇闻异事也在澳门坊间传开了。

四面佛原本是印度的神，名叫梵天。梵天迷恋貌美的女神莎塔如帕，莎塔如帕却故意躲避梵天的视线，经常从梵天的正面躲到他的侧面或后面，甚至飞到上空。梵天为了在诵经的时候也能向莎塔如帕眉目传情，便运用法力使原本一张脸变成五张脸，五张脸分别朝向东西南北和上空，使莎塔如帕无处躲藏。梵天又为了取悦莎塔如帕，夸口说自己是至高无上的神。这话传到另一个自认至高无上的神湿婆耳中，湿婆盛怒之下，用额头上的第三只眼睛射出火焰，将梵天朝向上方的那一块面烧着，同时用左拇指的指甲将那一块面割去，以示惩戒。从此，梵天只剩下四面。这个神因为样子像佛，才被人称为四面佛。

二十世纪五十年代初，几个泰国华裔富商在曼谷市中心接近市政府和皇宫的地方买下地皮，兴建爱侣湾酒店。不料施工意外频生甚至有人死亡，于是有股东认为不吉利要退股。这样工程一拖四年，经当地名人銮素威参少将建议，从印度请来四面佛坐镇，果然酒店在一年后顺利建成，从此四面佛神像设置在酒店门前广场的神坛上，而四面佛信仰开始在泰国兴起。每到下午，常有穿泰国传统服饰的舞娘伴随着音乐来跳舞，叫作舞祭，吸引大批香客和观光客来围观。

有个在爱侣湾酒店工作的妓女，有一天在路上遇见一个残障老人向她兜售二十八张同号码的彩票，她因为觉得可怜，将手袋中几乎全部的钱掏尽来买下老人的彩票。不料回到家里，才知家人患了重病，正等着钱救命。妓女看着手中的彩票，心感非常后悔。她闻说爱侣湾酒店自从供奉四面佛之后，生意兴旺，便怀着最后的希望去拜四面佛。她喃喃地对四面佛哭诉，自己因为照顾父母弟妹才卖身，谁知今天刚做了好事，反而遇上恶报。她忽然想起这个"佛"因为贪看女神莎塔如帕才长了四块面，便一时情急，低声对四面佛叨念："你要是灵验，让我的彩票中奖，我宁愿跳脱衣舞给你看！"当晚彩票开奖，这女子果然中了头奖，每张彩票奖泰铢三百万元，二十八张共六千多万元。她和家人都高兴得发傻，经过设宴庆贺和送钱接济亲友、穷人之后，不久这女子竟性情大变，成为一个怪人。家人带她去见一间庙宇的法师，都说若这样下去，宁愿恢复做穷人。经过法师开解，这女子才记起向四面佛许愿而未还愿，但四面佛在闹市，跳脱衣舞不过是随口乱说，怎敢实行？最后，这女子在交通警察的帮助下，用布幕将四面佛神坛围起，跳了脱衣舞还愿，终于恢复常态。然而，百密一疏，有个外来游客登上爱侣湾酒店顶层，用长距离摄像机将脱衣舞拍摄下来，这女子只好从此隐姓埋名，离开了曼谷。

又过了若干年，一个华裔泰国女子乘车经过四面佛附近，她在车内与人谈起四面佛，一时兴起说："我如果像她这样将恶运转好运，跳脱衣舞都抵啦！"后来她到香港拍电影，本来只是小配角，忽然女主角被导演认为不适合演戏中的角色，她临时一跃成了女主角，之后更成为当红艳星，与当红小生结婚。

她本以为在车内即使许愿四面佛也不知，但有人传说，四面佛既有四面，自然能"眼观四面，耳听八方"。不久她感到身体不适，食不下咽，睡不着觉，曾经与她同车的亲友都叫她去还愿，她只好雇人将四面佛前、后、左、右、上五个方向用布幕遮住，才在四面佛四块面所向的位置脱衣跳舞，不过仍有记者委托保安人员偷拍艳照。

据佛教传说，香客向四面佛的东南西北四面祈求不同的保佑，正面是事业、学业，第二至第四面分别是感情、财运、健康。

本澳除氹仔赛马会前的四面佛之外，新口岸马六甲街国际中心有国际金装四面佛殿，建于 1989 年。

第四辑　澳门故事

哪吒庙的"三宝"

很久以前的一天，一个头上有两个小髻的小孩子和一个头上有金发箍的大孩子在现时澳门哪吒庙所在的柿山山坡玩耍。小孩子叫大孩子翻跟斗给他看看，让他也学学，大孩子不肯。小孩子就邀大孩子下象棋，声言若大孩子输了，就当场翻跟斗。大孩子心想，我还怕小孩子吗？于是两人便坐下对弈。不料大孩子连输两局，小孩子便缠着叫他演示如何翻跟斗。大孩子没好气跟小孩子缠，正想打一个大跟斗离去，却在这时，半空中一片祥云飘下，来了个开心佛。开心佛素来喜欢开玩笑，他合指一算，然后对大孩子说："你不要走！我知道你就是猴子精孙悟空，怎么不服输了！"说着，不由分说，伸手向孙悟空一扬，孙悟空便不由自主地在半空中不停地翻跟斗，引得小孩子嘻哈大笑。这小孩子就是哪吒。原来开心佛刚约了与哪吒的师父太乙真人去朝见南海观音菩萨，太乙真人先行，开心佛受托来召唤哪吒同去。

开心佛和哪吒一同腾云驾雾，朝南海去了，回头见孙悟空仍然傻里傻气地在半空中不停地翻跟斗，不禁暗自发笑。其实他们不知，那只是孙悟空的假身而已，真身早已一个大跟斗，返回十万八千里外的花果山和小猴子们吃喝玩耍去了。

时至今日，大三巴牌坊旁边的哪吒庙里，还保存着哪吒、正在翻跟斗的孙悟空和敞开胸口皮肉让人看见心脏的开心佛三尊塑像，街坊称之为哪吒庙"三宝"，另外还有一张画下象棋的画。

附记：

开心佛是原籍浙江奉化的布袋和尚，他随处寝卧，笑口常开，状似疯癫，自称弥勒佛化身。《西游记》称他为笑和尚。敞开胸口皮肉让人看见心脏的形相其实是他开玩笑而已，真正的形相并非如此。至于真正的弥勒佛，是佛祖释迦牟尼的弟子，样子是很严肃的。

华光大帝为什么有三只眼

相传在上古年代，玉帝身边有四个护法大将，其中一个就是华光。一天，玉帝感觉凡间很久不见动静，就叫华光和另外三个护法大将娄金狗、奎木狼和虚目鼠下凡，分别到东南西北四方巡察善恶。

过了几天，四个护法大将返回天庭向玉帝述职。娄金狗、奎木狼和虚目鼠先后说他们化身不同身份的官差，到南、西、北三处巡察一回，所见都是一派歌舞升平的景象。轮到华光报告，他说："这次下凡化身普通平民，在人间所见善恶的事情都有，其中有不少地方的官员和豪强互相勾结，贪赃枉法，欺负百姓。"

玉帝不知哪个说得对，就令太白金星下凡复查。太白金星仔细查遍四方，回来对玉帝说："凡间虽然近期还太平，但各地豪强争名逐利，贿赂成风，娄金狗、奎木狼和虚目鼠在凡间贪吃贪贿，所以昧着良心说假话，只有华光将好坏善恶都如实奏报。"玉帝听了，即时解除娄金狗、奎木狼和虚目鼠的职务，交由太白金星负责审查治罪，同时宣布华光以后专司人间纠察之职。玉帝又赐给华光一只竖生长在额头中间的眼睛，以示嘉奖，而且使他再到人间巡察时更加明察秋毫。

本故事于 2016 年 5 月 18 日采录。讲述者是叶达，澳门庙宇节庆筹备委员会召集人。参考资料：《澳门旧城区纵横游——老区探胜》，杜灿荣主编。

附记：

澳门新桥区莲溪新庙供奉华光大帝。传说华光身上藏有金砖火丹，随时用来降伏魔怪，所以民间又视他为火神。粤剧戏棚忌火，往日凡来澳门演出的粤剧戏班，都会到莲溪庙拜祭华光。

"该死者"惹的祸

自上世纪前期开始,澳门新闻界从业员流传着这么一个故事:

有一名报社新任记者在报道一宗灾难新闻时连续用了多个"该死者""该伤者"的词语。翌日报纸卖出去,至晚上,一大群人来报社编辑部冲着老编骂:"你们才该死!……"

老编被骂得面目无光,但心知骂得并非无理。见那记者未返工,无奈之下,老编写了一张字条,放在那记者的台头上。那字条写的是:"一段新闻九个该,一该该出是非来。以后该员该注意,不该该处莫该该!"

"该"字为一音多义词,原本较多用于应用文,用于新闻报道尤其电台、电视新闻要尽量避免,否则很容易引起语义的误解。

这个故事是上世纪七十年代笔者在华侨报当记者时听编辑赵健先生讲的,他还讲过其他不少趣事。

"吓坏你"的神父

这是澳门新闻界在上世纪起流传的故事：澳门一个初入行的新闻记者前往采访一个年老的神父，进了神父在三巴仔的宿舍。在白天从窗口透入的暗淡光线中，神父用半咸半淡的广州话大声地说了一连串的话，其中几句是这样的：

> 我见到你，我个心好滚！
> 唔该你啰，将你自己摆埋张台。
> 我而家成身俾火烧晒！
> 我有嘅系有野。
> 我个心充满咗空虚。

这年轻的记者听了，以为神父是个神经汉，吓得转身往外就溜，却被神父一把抓回。

原来神父是个非常热情好客的人，只是由于没有翻译员，他临时当了自己的"翻译员"——将自己以葡语和英语想到的意思，用多半靠自学的不纯熟的广州话说出来。譬如，他说"个心好滚"的"滚"字，葡语是"fervido"，既可解作"沸溢的"，也可解作"热烈的"。"唔该你啰"，广东人以特别的语气说这句话通常不是邀请或致谢，而是表示敦促对方老实、认真或庄重一些，但西方人通常没有留意这一层"弦外之意"。"将你自己摆埋张台"，其实葡文是"poe-te a mesa"，"poe"确有"摆放"的意思，但全句应译作"请就席（靠台边坐）"。这种反身形式的构词英文也有，例如："Help yourself"，中文解作"自助"或"请随便"。至于"俾火烧晒"，其实是英文"burned out"，可以解作"过于疲倦"。最后两句分别是英文"I have nothing"（相当于葡文"Nao tenho nada"）和葡文"O meu coracao esta cheio de vazio"。现代汉语也常会将"空虚的感觉"直接写成"空虚"（尤其在诗和歌词中），这主要是受西方语言中同一词义不同词类有不同字形的语法影响所致。

上述记者采访神父后回到报社说：对于不熟悉澳门特殊语言环境的人，神父的话准会"吓坏你"。

以上轶闻，是上世纪七十年代当笔者任华侨报记者时，由时任采访主任胡容朴在采访部讲述的，笔者觉得很能反映澳门某一方面的实际。

还乡选婿记

上世纪四十年代，日本军队占领香港之后同时对澳门实施海上封锁，由于粮食供应不足加上奸商囤货抬价，澳门陷入严重饥荒，许多人卖屋换米以求活命。有一户姓陈人家不忍心卖掉祖传大屋，陈老伯与妻子江氏商量后，决定携同独生女儿阿莲一起回到南海县，投靠陈师奶的外家。

到了江氏外家，陈老伯觉得阿莲已到适婚年龄，没有独立的睡房很不方便。他见南海颇为富庶，便打算就地选个好人家将女儿嫁出去。

阿莲，全名是陈玉莲，生得如花似玉，又受过良好教育，所以征婚消息传出，马上引来许多当地富户男子互相争逐，受委托说亲的媒人婆纷纷上门打探。陈伯为免麻烦，相约所有媒人在同一日到来。有个业余做媒的妇人八姊，为了赚一封媒人利是，到居处附近的街边写信档口，向身兼摆档写信先生和上门教书先生的青年男子江南月大赞陈小姐的好处。江南月原本还想一试，听完八姊的话，反而没有信心。八姊再三怂恿，江南月正在执笔练字，于是随手写了一张字条，说："好吧，你照这张字条将我的家境如实告诉人家，就知道我为什么没有信心求亲了！"

八姊等到陈伯约定的日子就随同其他几个媒人婆上门去见陈伯。陈伯逐一听媒人婆介绍男家。轮到八姊，她识字不多，从内衣口袋里掏出江南月给她的字条，才读了三个字就读不下去，叫在旁的专业媒人婆四姑代她读。四姑一看字条，便知少了一个竞争对手，于是大声读字条。一边读，还一边禁不住冷笑。但字条用南海乡音读来，听在并非南海人的陈伯耳里，成了这样的自我家境介绍："我家二十亩田，二十亩地，二十亩荔枝基，一间高大屋，九条过，三叠到神前。"他心想，对方屋里有九条过往通道，经三叠房舍才到供奉祖先和菩萨的大堂，这确实很大了。于是与妻子、女儿商量之后，便选了八姨提的这门亲事。

陈伯为慎重起见，翌日早上随八姨去偷看江南月。八姨带他去一处大户人家门口，果然见江南月走进大门口，不久又从大门口走出。陈伯认为他的样子也不错，于是接受下聘。

这天，新娘过门了。江南月领着送嫁队伍走向自己的家门，心里却在嘀咕："奇怪，以前见过这新来本村的姑娘几次，为什么许多大户人家争着娶她，却偏偏下嫁我呢？"不久到了江南月的家，送嫁队伍一下子都惊呆了，原来那不是大宅，而是一间又矮又窄的小屋。新娘的送嫁亲戚连忙跑回头去，把这情形告诉陈伯。陈伯夫妇心知不妙，马上赶往江南月的家门。这时新娘和送嫁队伍还在那里。陈伯责备江南月不该托说亲的媒人来骗人。江南月大喊冤枉，即时从衣袋中掏出八姨交还给他的字条，递给陈伯看，证明自己真是无意欺骗。陈伯看这字条其实清楚地写着："我家也冇田，也冇地，也冇荔枝基，一蛮①高大屋，狗跳过，三踏到神前。"江南月还解释说："我为了父母医病和殡殓，先后将主屋和值钱的东西都卖了，现在所住的，是原有家居的下间②。这字条明白写着我住的小屋只有

① "一蛮"，南海俚语指大约相当于成年人站着伸手的尺度。"蛮"读阴平声。
② "下间"，农村家居的附设小屋，通常用来做厨房或柴房。

相当于人站着伸长手的高度和宽度，狗都跳得过，进门踏三步就到神坛了。这一刻还未拜堂，我同意，你们可以退婚。"陈伯再问早前见他在大户人家进出是什么缘故。江南月告诉他，是去教小孩读书，小孩已跟父亲外出，所以他很快就离去。这时陈伯显出无奈的样子，江氏在旁说："还是问问女儿怎么办吧！"他们一问女儿，便大为惊讶。原来阿莲已经将各人的话听得清楚，在此之前也见过江南月，她认为江南月是很老实、很有孝义精神的读书人，即时就郑重地表示愿意嫁他。

　　婚后，阿莲和江南月很恩爱，不到一年就生下一个趣致的儿子。又过了一段日子，随着抗日战争结束，他们一家三口卖掉小屋，随同阿莲的父母回到澳门。这时他们的祖传大屋由原来只能换两担米，已经升值数十倍，一家五口住在大屋里非常快活。过了几年，南海县的亲戚来信告诉他们：当年委托媒人婆上门求娶阿莲的几个财主，都被当地农民评为土豪劣绅，被没收财产，有的还要被执行"游刑"①。陈伯和江氏读信后都大赞爱女选择嫁江南月是别具慧眼。

---

① "游刑"，手执认罪和谴责自己的牌子，在别人押解之下游街，有时还要一边走一边说"我是罪人、我认罪"之类的话。

床话退贼记

青洲木屋区一间木屋住着梁家一对壮年夫妇。这几天，隔壁的一个绰号"黑鬼头"的黑社会流氓经常来偷窥，原来他赌输了钱，见夫妇两人忽然衣着光鲜，有时出外还佩戴了金器，便怀疑他们中了彩票。一天深夜，"黑鬼头"等到月黑风高，暗忖这对夫妇必定已经熟睡，于是手拿一小袋狗粮和一小袋猫粮，用百合匙开门，潜入梁家。"黑鬼头"与梁家的狗和猫都相熟。他隐约见原本躺着的狗站起来，便递给它一小袋狗粮。又见猫走来，便在地上放下猫粮。于是两只小动物都没有叫。

"黑鬼头"正要搜索值钱的东西，忽然听到隔着门帘的睡房中传出梁师奶的声音："啊，黑龟头入咗嚟啦！""黑鬼头"以为梁师奶说的"变种"中山话有他的绰号。接着他又听到木板发出响声，以为自己已被发现，梁家夫妇要拿棍子追来了，于是他连忙窜出梁家。"黑鬼头"回到自己家里，等了好一会儿却不见梁家夫妇有什么动静，心想刚才自己心虚弄错了，他睡不着，心里不服气，于是又悄悄地爬入梁家。

他才进了上半身，不料又听到梁师奶在睡房中说："刚才先嚟过，点解而家又嚟呀！""黑鬼头"横身伏在门槛上不敢动。过了一会儿，听到梁师奶和她丈夫的对话："黑龟头冇入到嚟呀！""唔好郁，佢就快入啦！"接着不久又听到木板发出的声音，同时听到梁师奶说："咪咁心急啦，等佢入晒嚟先啦！""黑鬼头"听到这里，断定梁家夫妇已经发现他并准备捉他，于是慌起来，连滚带爬，逃回自己的家去了。

翌日清早，梁家夫妇见到木门被人弄开，地上有两个通常用来装载毒品的小布袋，想起夜间夫妇的床上对话，便猜中几分实情。走过隔壁一看，"黑鬼头"关上门，不见了。

"鳝稿"

相传在上世纪三十年代，广州著名的大三元酒家很懂得公关宣传手法，每当该酒家购入二三十斤重的大锦鳝，为免劏后不能全部卖出响客以致蚀本，便想出一个推销办法。酒家负责人找来"文胆"，写大锦鳝如何新鲜好吃的宣传稿，附同一张广告稿，派人一起送去报馆。报馆老编一看，明知是酒家中人"卖花赞花香"，但又不好拒绝刊登，因为怕失去广告和这个长期广告客户，唯有照登如仪。这样的自我宣传来稿，刊得多了，报业中人就称之为"鳝稿"。

不久，日本军队占领广州。广州许多食肆、报人迁来港澳避难，于是广州大量饮食文化、地道语言也随之而来。

总店在广州的香港中环威灵顿街南园酒家，是最早承传"鳝稿"这个词的港澳食肆。南园酒家的招牌菜是"炆大鳝"，每当有大鳝到货，因为是季节性珍品，为广招徕，南园酒家陈司理必定叫老友俞华山写"鳝稿"，连同广告稿送去报社，"鳝稿"的标题通常是"南园酒家又劏大鳝"。同时开始用"鳝稿"宣传的香港食肆还有铺记酒家。

日本占领香港之后，澳门成为岭南唯一没有沦陷的城市。于是香港不少食肆、报人又迁来澳门避难，同时大量饮食文化、地道语言也随之而来。澳门报业不但承传了"鳝稿"这个词，还将词义扩大化。例如显记、英记等饼家每年中秋节前推销月饼，除了在铺门搭彩色人物活动造型巨大广告牌之外，还纷纷将宣传稿连同广告稿送到报社刊登，报社中人一概将这些月饼宣传稿叫作"鳝稿"。时至今日，编辑通常在这类文字稿前加上"商业消息"四字，表示内文不是该报记者所撰。

"走得快，有顶戴"

在清朝道光皇帝当朝的时候，澳葡总督亚马留乘着清政府在鸦片战争中失败的时机，向澳门三巴门城墙以北扩展势力，为开辟马路，大量摧毁村民的祖坟。龙田村村民沈米激于义愤，与同被毁祖坟的村民共七人，在莲花茎（现时关闸马路）刺杀亚马留。数天后，澳葡政府委员会派上校军曹美士结打率兵攻打莲花茎以北直至前山的清军，另外派兵到当时属香山县的望厦村，摧毁香山县政府设在村中的县丞衙署。

衙署中的县丞汪政，预先闻得风声，弃下衙署乘轿北逃。逃至莲花山下，他恐怕莲花山上有葡兵，自己成了山上葡兵枪击的目标，于是频频催促轿夫快跑。为了刺激轿夫拚命跑，他不停对轿夫说："走得快，有顶戴！"意思是说，跑得快让他脱险的话，将会给他们较高的官职作为奖赏。

"走得快，有顶戴"这句话后来在望厦以至澳门、香山（中山）流传，因为民间对"有顶戴"的意思较难明白，渐渐改成如今通行的"走得快，好世界"，成为谚语。

　　本故事在望厦、澳门广泛流传，笔者于 2015 年在澳门采录。

"油炸鬼"的来历

相传在南宋定都临安（杭州）、由宋高宗做皇帝的时候，当时的奸相秦桧里通北方金国，与妻子王氏在家里东面窗前定下毒计，向高宗说抗金名将岳飞的坏话，终于以"莫须有"的罪名，将岳飞和他的儿子岳云拉到杭州风波亭处死。

南宋军民对于这件事非常愤慨。当时在风波亭附近摆卖早点的两个档口小贩，为了发泄愤恨，各自抓起面团，一个搓捏了形如秦桧的面人，另一个搓捏了形如王氏的面人，将两个有手有脚的面人绞在一起，放进油锅里炸。炸熟之后，他们将两条绞在一起炸得发黄的面人称为"油炸桧"。来买吃早点的群众一见就心领神会，纷纷喊起来："吃油炸桧！吃油炸桧！"这档摊子的生意因而显得分外红火。其他的小食摊贩纷纷仿效，于是"油炸桧"这种廉价食品的名称和做法愈传愈远，成为南方各省受欢迎的土产。

这种原本被称为油条的食品，至今在江苏、浙江一带，仍常有人称它为"油炸桧"。随着南宋灭亡，南宋军民南移，如今在港澳，由于"桧"与"鬼"在诸如中山话等多种土话中发音很近似，加上土人对秦桧较为不熟悉，而对鸦片战争之后入侵国土的英、葡、日等国鬼子非常痛恨，于是"油炸桧"在港澳演变成"油炸鬼"。

2016 年 4 月采录于澳门，由作家刘居上讲述。

圣安多尼做媒

　　从前，澳门有个葡裔女子，名叫玛利亚。她虽然芳龄二十六岁，但在葡国人看来已经是"剩女"，所以急于嫁人。她听说，圣安多尼能够显灵，帮助青年男女找到合意的对象。于是她满怀希望，有空就在家里阳台上捧着木制的圣安多尼像念经。但是，过了很长日子，仍不见姻缘的丝毫迹象，连所有她平日心仪的男子都不见踪影。她越想越感到失望，就对手捧着的圣安多尼像说："人家都说你最热心撮合姻缘，我专诚求你这么久了，一点儿效果都没有。嘻！不信你了！"说着，生气起来，把手上的圣安多尼像从阳台上丢下去。

　　过了一会儿，忽然有个男子走来敲门。他很有礼貌地对玛利亚说："刚才我见到这个圣安多尼像从空中降下来，是不是你家的？"玛利亚于是和这个很斯文的男子认识，又从圣安多尼的故事展开话题，谈得很投机，不久就成为热恋的情侣，终于结婚。

　　两年后，他们的两个女儿先后出生了。夫妻俩在高兴之余，发觉两个女儿的左边额上都少了一些头发，觉得很奇怪。玛利亚想来想去，猛然记起家中的圣安多尼像，拿出来一看，原来当日经她从阳台上丢下，圣安多尼像左边额上头发处有少许破损。

　　听葡人中的老人家说，澳门圣安多尼教堂供奉的圣安多尼，既是热心撮合姻缘的老人，也是个爱开玩笑，爱捉弄人的调皮老人。

2016年5月27日采录于澳门中西创新学院。讲述者是卢文辉，土生葡人，澳门中西创新学院总务主任。

陈梦吉妙计惩神棍

从前，有个人称"扭计师爷"的陈梦吉和两个朋友从新会县乘渡船横过西江出海处的厓门附近水道，到香山县离岛香山澳游览。在船上，有个专门替人求神问卜的"盲人"被溅上来的海浪打湿了部分衣服。他身上觉得冷，见身边有个小贩模样的男子，手携一个大筐，筐内有一摞衣被，便向小贩借一条被子，小贩同情他是盲人，便借被子给他用来裹身，讲明上岸的时候无论如何要取回。船到了香山南面一个岛泊岸，"盲人"不想交还被子，他想了一条奸计，在其中一个被角的破口，塞入铜钱。这时船家到来催促乘客上岸，"盲人"要把被子搭在肩上登岸，小贩叫他交还被子，两人争执起来。船家对盲人说："你有什么证明被子是你的？""盲人"说："我虽然看不见被子的模样，但是被角有一个铜钱，你看若然有铜钱在被角，被子就是我的！"船家摸一摸被角，果然发觉有个铜钱。于是认为小贩欺负盲人，把小贩斥退。这情形给陈梦吉和他的两个朋友隔远看到，原来他们都对"盲人"稍有认识，知道这个"盲人"虽然扶拐杖走路，其实并非全无视力，是个经常借占卦、做法事向妇孺骗钱的神棍；而小贩是陈梦吉的新会县同乡，现在移居香山县。于是他们商量了一下，决定为乡亲取回被子，对这个神棍予以惩戒。

一众乘客离船上岸之后，陈梦吉等三人对"盲人"说："大师，我们预备去南海岛上旅游多天，所以行李中有后备衣服，你这样将被子搭在肩上到底不大雅观，我送给你一套便服，你在这里附近茅厕将身上湿了的单薄衣服脱下，换上较厚的干衣服吧！"听这么一说，正合神棍的心意，他接过陈梦吉的一套衣服，说："三位兄弟高姓大名？"陈梦吉说："我们三人分别叫'出嚟睇''出嚟望''好得意'。"神棍进了茅厕，把干湿两套衣服和一条被子搭在厕格的门板上，先行在厕格里小解。这时，陈梦告等人从厕格外一下子把全部衣服、被子取走。神棍小解后转过身来，发觉所有搭在门板上的衣服和被子都不见了，当他找到拐杖追出茅厕时，陈梦吉等三人已不见了。他大声呼唤"出嚟睇""出嚟望""好得意"，这时厕所内外的人以为发生了什么奇事，纷纷赶来，却看见神棍只穿内衣裤，独个儿在秋天的晚风中打战。

2016 年 5 月 18 日采录于澳门。讲述者是叶达，澳门庙宇节庆筹备委员会召集人。

圣诞老人派礼物

　　从前，在地中海岸边的一个小镇里，有个心地善良的父亲。他本来是贵族，但自从妻子因病去世之后，他独力养大三个女儿，如今三个女儿到了要结婚的时候，他却穷得要把家搬到一间农舍里，没有钱为女儿们办嫁妆。按那时欧洲的习俗，女儿出嫁是一定要嫁妆的。葡国女多男少，更需要丰厚的嫁妆。

　　这天晚上，快到圣诞节了，做父亲的整晚在家里发愁。女儿们洗完各自的衣服后，将其中一只长筒袜挂在壁炉前烘干。

　　这时，有个经常在圣诞节前从北方到来行善的老人，名叫尼古拉，刚好来到这个小镇里。他打听到三个少女的父亲正在发愁的原因，就在这天晚上，来到他们的家。他先从窗口望进去，见到屋内四人都各自在房里睡着，他同时注意到厅间壁炉前挂着一只长筒袜。于是尼古拉老人爬上屋顶，从他带来的礼物袋里掏出三小包黄金，逐包从烟囱投下去。三小包黄金刚好从烟囱滚到壁炉前，落入长筒袜里。

　　第二天早上，三个少女刚醒来就发现长筒袜里的三小袋黄金，这下子三个少女都可以置办嫁妆出嫁了，一家四口都非常高兴。

　　从此以后，世界各地兴起了悬挂圣诞袜的习俗，即使再没有尼古拉老人来，也有人在村镇里扮成身穿红帽红棉袄的长白须圣诞老人，携带一个大袋，向小朋友派送袋里的礼物。这习俗很早就由葡国人传到澳门。

　　1964 年采录于澳门，讲述者是谢华才，圣若瑟中学教师。今已故。

哪吒与大三巴教堂

在本澳茨林围流传着一个故事，与大三巴（圣保禄）教堂两次遭遇大火灾有关。

茨林围旁的山岗在未建圣保禄教堂之前，只是一片荒凉的空地，曾经有居民在这荒地搭建草棚以作存放粮食之用，怎料这草棚无故起火，烧毁草棚和全部粮食。类似事件发生数次后，有居民指出，这空地是小哪吒踩风火轮耍乐的地方，所以这地方才会无故起火。传说一直流传着，茨林围的居民都不敢在这空地上作任何建设。

1563年，一批来自欧洲的耶稣会传教士要在这山岗空地建教堂，好心的茨林围居民得知后，便请当地的通事转告这批传教士："你们不要在这空地造任何建筑，因为这地方有哪吒来，会无故起火的。"

传教士们表示不相信有哪吒，执意建了一座木结构的教堂。

1595年，教堂果真遭遇大火而毁了。1602年，教士在原处复建教堂，至1637年建成。岂料到1835年教堂又发生大火，宏伟的圣保禄教堂只烧剩花岗石砌的前壁和斜坡上的大石阶，教士们这才开始相信这地方真的邪门，不再作任何建设和修复。

有趣的是，自从茨林围居民在这山岗建起哪吒庙，居民诚心供奉哪吒，茨林围一带再没发生过离奇的大火，纵有小火，也很快扑灭，损失不大。

2013 年 3 月 13 日采录于澳门大三巴哪吒庙值理会会址，讲述者是叶达，澳门大三巴哪吒庙值理会会长。本故事获大学研究生周嘉豪协助采录。

贵妃鸡和贵妃床

澳门不论大酒楼还是小菜馆，都有一味由江苏、浙江一带传来的菜式，叫作贵妃鸡，而有关贵妃鸡的"贵妃醉酒"故事也随之传到澳门来。

传说在唐朝，唐玄宗预早一天与杨贵妃约定，在御花园的百花亭设宴，一边饮酒一边赏牡丹花。这正合杨贵妃的愿望。到了约定的时间，杨贵妃提早到百花亭，预备好筵席，却等候很久仍不见玄宗驾临。她在半躺半坐的床上再等，酒菜都冷了，忽然有宫人来报，皇帝临时转往江妃宫去了。杨贵妃听到这消息，非常懊恼。她本来就生性褊狭善妒，这时在失望、怨愤之余，加上连番饮了闷酒，正所谓酒入愁肠，渐渐忘乎所以，春情顿炽，乃至放浪形骸，频频与高力士、裴力士两个大宦官做猥亵状，醉态毕呈，直至倦极欲睡才回寝宫。

这回事传开后，有厨师据以想出一道菜：把嫩母鸡煮出鲜嫩的滋味，再淋入绍兴酒。这道菜就叫"贵妃鸡"。至于那种适合女人半躺半坐的沙发床，就称为贵妃床。

上述故事到上世纪初先由梅兰芳编演京剧《贵妃醉酒》，继而由梅兰芳之子梅葆玖等改编成《大唐贵妃》，由上海京剧院、国家京剧院、北京京剧院合作公演，使这大制作闻名于世。上海梅龙镇酒家最先借京剧《贵妃醉酒》引发的灵感，创制"贵妃醉酒鸡"，也是用鸡肉和绍兴酒制的菜式。继后在上世纪二十年代，上海陶乐春川菜馆名厨颜承麟等将"贵妃醉酒鸡"发扬光大。

上海人在上世纪四十年代末期大量移居澳门，较著名的有曹其真（前特区立法会主席）家族、上海葡侨施绮莲（前教育暨青年司司长）等。从上海、江浙一带传来的食品除贵妃鸡之外，还有东坡肉、扬州炒饭等，其中部分还经澳门传到葡国和欧美各国的中国餐馆，传到葡国的扬州炒饭葡文称为 arroz chao-chao，每个中国餐馆都可以吃到。

高可宁与车夫的恩怨

二十世纪三十年代的时候，澳门的"当铺大王"高可宁与曾经在内地江门等城市经营赌业的"赌王"傅老榕合股组成泰兴娱乐有限公司，以一百八十万元赌饷的承投条件，从豪兴公司手上夺过澳门博彩专营权，于是买下1928年兴建的新马路中央酒店，在第一至第三层开设赌场。

这间前所未见的豪华赌场开张不久，就吸引了各行业大批赌客。有一天，高可宁从中央酒店下楼，挥手叫酒店东侧正在候客的车夫用人力车载他回家。当时排头位候客的人力车原有车夫因为家有要事，请来一个中年男人做临时替工。高可宁坐上车后，临时替工还不知道他是高可宁。人力车从新马路拉到水坑尾高家大宅有一段距离。高可宁颇觉无聊，随口问临时替工来开工多少时间。谁知这一问，挑起这男人一腔怨愤。他说开工才几日，昨晚放工去赌场试试运气，几日的工钱连同家中多年的积蓄一下子全输光了。他说得越来越激愤，反正替工快完了，便大骂赌场老板高可宁收买人命。他骂得越来越凶，说自己无钱养家，被父母妻子责怪都是高可宁害的。最后还把高可宁的母亲、祖宗都骂了。高可宁一路不说话，到水坑尾街高家大宅时，高可宁叫停车。替工的男人这时才醒悟他就是高可宁，不禁慌了手脚，瞪大了双眼在发呆。高可宁走进家门时回头对临时车夫说："你等一会儿，我叫用人来。"临时车夫心想，这回一顿揍是免不了的。过了几分钟，一个马姐模样的女人走出来，递给他一个大信封，说："高先生叫你以后不要再去赌钱！"到临时车夫回过神来时，从大信封里倒出一堆大洋，细数一下，一共是二百元。

2015 年 6 月 20 日采录于澳门，讲述者是黄凤文，退伍军人，澳门文化艺术学会创会会长。

先锋庙的杨令公

澳门沙梨头区和望厦区都有先锋庙。先锋庙供奉古典小说《杨家将演义》中的老令公杨业。

北宋时期，宋太宗任命杨业为大将军，带兵驻守北部边疆雁门关。辽国派了十万大军来攻雁门关，这时杨业手下只有几千人马，情势非常危急。他自知死守必败，于是亲自带领几百骑兵，循高山小路，绕到敌军背后，突然冲入敌阵。辽军不知宋军人马多少，阵脚大乱，结果损兵折将，大败而逃。从此，杨业被称为"杨无敌"，外敌一见杨字旗号，就不敢交锋。

后来宋太宗派潘美为主将，杨业为副将，率领其中一路大军攻打辽军。这路大军连续攻下四个州，遇上辽军主力赶到。杨业与潘美约定，由潘美率军埋伏陈家峪谷口两侧，杨业率军佯攻，吸引辽军追来，再合力将辽军打败。不料潘美率军埋伏谷口只一天，打听到杨业兵败就先行逃去，杨业吸引辽军追至谷口时以为潘美伏兵接应，正当他回马冲杀时，由于众寡悬殊，坐骑中箭而被俘。他坚拒投降，绝食三日三夜死去。

杨业死后，他的儿孙继承遗志，坚持抗辽，其中儿子杨延昭、孙子杨文广最负威名。澳门坊间还有很多关于北宋杨家将的传说，例如杨业之妻佘太君百岁挂帅率十二寡妇西征，杨延昭之儿媳穆桂英挂先锋印，等等。关于杨业和杨家将的故事在澳门地区和珠江口沿岸盛传，主要因为南宋末代君臣曾经来过这一带地方，其中宋端宗等据传说曾短暂留驻沙梨头村和澳门南面的内十字门、外十字门。南宋灭亡之后，部分宋朝遗民流落澳门。

本文资料由澳门庙宇节庆筹备委员会召集人叶达讲述，并参考由澳门崇新文化协会和崇新同学会出版的《澳门旧城区纵横游——老区探胜》。

九澳村观音庙的观音

建于清朝光绪年间的九澳村观音庙，供奉唯一的神是观音。

相传观音原本是远古年代兴林国国王的第三个女儿，名叫妙善。她十九岁时，国王叫她出嫁，她不肯。国王一气之下，把她赶到树林里去。她在树林里靠吃果子，喝泉水活命。过了七天七夜，国王派人把她接回王宫，以为她会回心转意，谁知妙善仍坚决不肯接受父王包办的亲事。国王更加恼火，把她遣去磨坊，规定每天要磨完两担黄豆。妙善在磨坊日夜磨，累了就坐下来看佛经。到后来，她累得连石磨也推不动了，幸好这时有两个年少的用人同情她，每天有空就来偷偷地帮助她磨豆，终于如期把黄豆磨完了。妙善很感激两个小用人，分别给两人起个好听的名字，男的叫金童，女的叫玉女。这情形给国王知道，认为三人都违反他的旨意，于是将三人逐出王宫。

妙善离开王宫后，带着金童、玉女去白鹤寺修行。那一年六月十九日，妙善正在松树岭摘野果，忽然来了一个老翁。老翁说："这树林有虎豹出没，很危险！"妙善说："我喜欢在这里静坐念经，饿了就摘果子吃。"原来这老翁就是释迦牟尼佛，当下就对妙善说："你这样诚心向善，我带你去仙山念经修行好吗？"妙善连声答应。于是释迦牟尼给妙善一个桃子，妙善吃下桃子之后，觉得精神焕发，不再有饥饿的感觉。释迦牟尼又给妙善一双草鞋，妙善穿上草鞋，忽然飘然而起，可以腾云驾雾了。从此，妙善跟着释迦牟尼，到南海普陀山修炼。释迦牟尼给了她一个法名，叫作观音。观音到九年后的六月十九日得道，能显现三十三种形相，包括男身和女身。

以上故事是 1997 年由路环信义福利会创会会长杨辉向笔者讲述的。

屈原与诗人节（端午节）

相传在两千多年前，南方的楚国有个大臣叫屈原。他向楚怀王倡议选任贤能，富国强兵，联合齐国以抗击秦国的策略，但遭到贵族的反对。由于贵族向怀王说他的坏话，他被赶出郢都，流放到沅水、湘水之间的荒野中。

屈原在流放途中，写下了许多忧国忧民的诗篇。后来，秦国派大军攻破郢都，屈原眼看自己的祖国被侵占，非常痛心。在五月初五那天，屈原写下他的绝命诗之后，抱着一块石头，自沉汨罗江。

楚国的老百姓一向都很敬爱屈原，惊闻他投江自尽，马上群起划船捞救。许多船一起进发，沿江一直驶至洞庭湖。老百姓在茫茫湖水中打捞不到屈原的尸体。生怕水里的鱼吃屈原的尸体，于是运来米团投进水中，希望鱼吃饱米团就不吃屈原的尸体。老百姓这一连串举动，后来就发展成龙舟竞渡和吃粽的习俗。

澳门特区政府长久以来都在农历五月初五端午节期间举办龙舟竞渡，是全澳最多队伍参与的国际体育盛会。澳门上世纪初的诗人已经将中国的屈原比作葡国的贾梅士。澳葡每年六月十日都庆祝"贾梅士日"，因此有些内地和澳门的诗人又将农历五月初五称为中国的诗人节。

本文 2016 年 5 月于澳门采录自刘居士。

泰山石敢当

相传远古时代，轩辕黄帝与蚩尤打仗。起初蚩尤得胜，登上泰山大呼：我在这里，天下有谁敢当（"当"古通"挡"）？恰好女娲听见了，觉得他太狂妄，于是从空中投下一块彩色大石，喝道："泰山石敢当！"蚩尤虽然未被砸死，却已被吓得半死，后来终于被黄帝消灭。黄帝后人听闻蚩尤曾在泰山受这般惩戒，于是在泰山巨石上刻上"泰山石敢当"五个字，用来震慑好战作乱的人。

过了许多年，到周朝时，帮助周文王打天下的主要功臣姜太公代周文王封赏群臣。他封来封去，到把最后一个轮候受封的大臣都册封后，姜太公仍没有宣布他自己做什么官职。群臣十分诧异地问他，他泰然自若地笑说："我不做官，要去泰山，你们就叫我'泰山石敢当'吧！"

很快有人把这情形报告周文王，文王猜中姜太公要退隐泰山的心意，要留他也留不住，但又为失去姜太公而十分可惜，于是定下一个两全之策：宣布封姜太公为守护泰山地区的官，就称为"泰山石敢当"。姜太公那时已经年迈，他实际得到的只是名誉性质的职称，然而自从他归隐泰山直到死后很久，泰山地区一直都风调雨顺，一派太平盛世的景象。因此，民间认为，只要姜太公在，连鬼神都不会作孽。从此以后，人们纷纷把刻上"泰山石敢当"五个字的石块或木牌，设在当路之处，借以镇邪镇魔。

本文于 2016 年 5 月 18 日采录于澳门。述者是张国柱，澳门鲜行总会副会长。

附记：

澳门及其邻近地方自古以来都按习俗在当路之处设泰山石敢当神位。现在的新桥区渡船街，昔日是一条小河，流经大兴街处出海。在现时渡船街与大兴街交界处，昔日有石敢当神位刻在桥边的一块岩石上，奉为莲溪的守护神。一百多年前，街坊在附近的桥巷巷口兴建一座石敢当行台，作为公众议事的场所。后来，莲溪被填平改建成街道，石敢当神位被移入行台室内供奉。每年正月初七为石敢当神诞。

爱妻的秀才与爱才的皇帝

明朝永乐年间，在京城金陵（今称南京市）的一条陋巷里，住着一对贫穷的年轻夫妻，丈夫张秀才与妻子柳氏，靠张秀才摆摊代人写书信勉强过活，若逢风雨天生活便无着，每日一餐尚难以维持。

如此朝不保夕的艰难日子年复一年毫无改善，但柳氏与张秀才恩爱如初。张秀才白天代人写信，夜间和雨天勤奋攻读，期望一朝金榜高中，改变命运，免得爱妻受饥寒之苦。

柳氏眼见夫君夜夜勤奋苦读，很感动，盼望明年考期能够如愿以偿。有一天，她到城南请算命先生代为测算运程，算命先生详细核对夫妻俩的生辰八字之后，长长地叹了一口气："这命我还是不算罢了！"柳氏一听，当即泪如雨下，求问先生何因？算命先生不得已地说："你俩一生无运，好运只有大约一个时辰而已！"柳氏失望之余，问他好运的一个时辰是否已经过去了。算命先生这才屈指再算，沉吟半晌，才说："好运的一个时辰是明年元宵夜的酉时（傍晚五至七时），如果能遇到贵人，那么你丈夫将是一品官，万一错过了这个时辰，终生贫穷潦倒。"柳氏默默记住元宵夜的这个吉时——这一生中唯一的生机，但半信半疑，未敢告诉夫君，免得增添忧虑。

好不容易盼到元宵节，柳氏对夫君说："今夜元宵佳节，京城张灯结彩，何不出外赏灯？"丈夫苦着脸说："昨日欠大街上那家饭店的饭钱还未能偿还，今日到现在我们一餐饭都没吃，只吃了一些野果，有何心情赏灯？"柳氏再三劝道："你从未见过这一年一度的佳景，不应错过。"张秀才心中虽然不愿意，但又爱妻情切，不想有拂妻子之意，便勉强出外赏灯。来到大街，各种彩灯照耀得如同白昼，赏灯的人流熙来攘往，一派太平盛世的景象。

张秀才正观赏间，突然昨日赊账那间临街饭店的一位店小二走出来，揪着他的衣领咆哮着说："你昨日赊的账还未还清，今天非要你还不可！"张秀才自知理亏，低着头任由店小二辱骂，不敢回应。看热闹的人越来越多，张秀才更加羞愧得无地自容。

当时的永乐皇帝，年近七旬，带着两个侍卫，微服出宫，来到大街观赏元宵节，见前面围观的人群，不知何事，很想看个究竟。古代的人对老人尊重有礼，众人让路与这位银须白发的长者。永乐皇帝在侍卫的陪同下来到人群中，见店小二在辱骂一位文质彬彬的穷书生，不禁开口问张秀才道："你是读书人，知书识礼，为何赊账不还？"张秀才低着头说只因贫穷无钱还债，才忍辱任由责骂，今天晚餐尚无着落。永乐皇帝心想这书生甘愿当街忍受侮辱，其中必有难言的苦衷，有心要帮助他脱此窘境，于是对张秀才说："今天是元宵佳节，我出一个对子让你对，以元宵为题，但不能有元宵二字，你倘能对得上，你所欠的账，我代你还清，再请你吃一餐，你看如何？"张秀才闻言抬起头来，心中暗喜道："请长辈出上联。"永乐皇帝随口道出：

"灯明烛明，大明一统；"

张秀才不假思索地即时回应道：

"君乐民乐，永乐万年。"

永乐皇帝见张秀才才思敏捷，对联中的"永乐"正与永乐年号相同，祝颂之意令他倍加喜悦，连声赞道："好对！好对！"随即叫侍卫拿出银两代张秀才还了债，并吩咐店小二回店中，拿出酒菜，让张秀才饱腹。当店小二端上热腾腾的酒菜，进来的张秀才双眼看着丰盛的酒菜，却呆着未曾举筷。同来的永乐皇帝见状甚感奇怪地问道："欠账已代你还清了，为何还不吃酒菜？"张秀才再三感谢长者救难的大恩大德之后说："实不相瞒，见此酒菜念及家中爱妻今天尚未曾吃晚餐，故此无心独享。"永乐皇帝闻言大为感动，心想此书生有才兼有德，实在难能可贵。于是劝慰道："你且先吃了，然后叫店小二同样做一份酒菜带回家，给你妻子享用。"

柳氏在家中焦急地等待夫君归来，希望带回改变命运的喜讯，正在翘首远望，见夫君满面笑容地走来，后面有一仆人模样的宫中侍卫手提食篮随同。侍卫放下酒菜告别而去，柳氏正狐疑中，张秀才欢天喜地，把刚才长者施恩救难的经过，详细地告诉柳氏。柳氏听完之后，默然无语，忽然泪如泉涌。张秀才见妻子如此痛哭，百思不解其因，再三追问之下，柳氏才将去年算命先生所言如实相告，然后叹息着说："想不到一生中的吉时，只换得这一顿酒菜而已，以后的日子怎么办！"张秀才听后，也唏嘘不已，只得好言相劝。柳氏无心饮食，只略为充饥，夫妻俩当夜辗转无法成眠。转眼间，到了五更时分（凌晨四时），突然人声、马步嘈杂声直逼门前，接着响起捶门声。原来宁静的小巷有这突如其来的声响，使夫妻俩惊恐万分，不知何方横祸降临。慌乱之中柳氏叫张秀才到床底下躲避，自己鼓足勇气去开门。为首的将士正是昨夜随同夫君送酒菜来的人，他东张西望地说："请秀才随我入宫见天子！"柳氏一听，心想吉时已过，恶运到了，顿时心惊胆战，说谎道："我夫君昨夜未曾归家。"那将士答道："昨夜是我与他一同回家，如何骗得了我！"张秀才在床下惊得直发抖，自知无法再隐瞒，才恭敬地出来施礼。那将士道："请秀才进宫面君！"临别之时，张秀才紧执着柳氏的双手依依不舍地说:"此去凶多吉少,娘子年轻,请另择佳婿!"言未毕已泣不成声。柳氏此时心如刀割,仍强颜安慰夫君:"无论凶吉如何,自当等待夫君归来,决不二心!"坚贞之心令人感动不已。

那将士将张秀才带到后宫,其时天色微明,张秀才进入宫门之后匍匐向前,进了大殿,依然俯首跪拜。只听大殿之上传来熟悉而慈爱的声音:"可认识我吗?"张秀才此时才敢抬起头来,见金銮殿上端坐的皇上好生面熟,一时无法辨认,只是呆望。

皇上笑着说:"还记得昨夜的老人吗?"张秀才此时方才如梦初醒,连忙口称"万岁!万岁!"皇上赐座,接着说:"民间有此才德兼备之士,却被埋没,受尽饥寒之苦,乃朕之过也!今年科举考试已举行多时,至今未选出合朕意的状元,昨晚所答的下联,乃最佳之应试,故今年之状元,朕已属意由你破例夺得。"张秀才此时真不敢相信自己是否身在梦中,只听众侍从大声道:"新科状元爷,还不快谢主隆恩!"此时张秀才慌忙地叩首再三谢恩。

灿烂的太阳从东方徐徐升起,惊恐中的柳氏忽然听到鼓乐声由远而近来到门前,推开门时,只见夫君身穿锦绣状元袍,骑高头骏马,满面春风来到门前……

张秀才改变命运的关键,是当永乐皇帝为他还了欠债,请他吃酒菜的那一刻,饥肠辘辘的张秀才仍即时念及家中挨饿的妻子,并非像一般人那样只顾狼吞虎咽。就是这一点真挚疼爱妻子的善良心念,深深地感动了皇帝;而一个才德兼备的难得人才是国家的栋梁,是每个国君所渴求的英才。

此故事在二十世纪初年澳门一次天主教活动中作为伦理教育的宣传材料。

"禄山之爪"与杨贵妃

传说在唐朝天宝年间,守护北部边疆立了功的范阳节度使安禄山获唐玄宗召入宫中接受封赏,并留在京中听候使唤。当时玄宗正宠幸杨玉环和她的三个姐姐。四姊妹都美艳如花,风情万种。其中杨玉环获封为贵妃,享受皇后一般的尊荣。三个姐姐分别获封为韩国夫人、虢国夫人、秦国夫人,每个月各获脂粉钱十万钱。玄宗不但宠信安禄山,更为了笼络他,令杨氏三个姐姐与他结为兄妹,没有生育过的杨贵妃则认他为契仔。这样,安禄山这家伙此后以"拜谒干娘"为名,出入深宫,与杨贵妃相见。

杨贵妃、玄宗都喜爱音乐,同为梨园的创始人(至今台港澳音乐曲艺界都有人尊他俩为祖师)。杨贵妃不但懂得吹竽、弹琵琶、编曲、写歌词和诗,更长于跳舞和编舞。她的舞蹈最令人传诵的是《霓裳羽衣舞》和《胡旋舞》。《霓裳羽衣舞》是河西节度使杨敬述将天竺佛曲《婆罗门曲》依律创声后献给玄宗,再由玄宗修改、填词和重新命名,然后让杨贵妃去舞的。另外有传:《霓裳羽衣舞》的曲是玄宗梦游月宫时记下来的,所以白居易的长诗《长恨歌》描述杨贵妃表演《霓裳羽衣舞》时用了"仙乐风飘处处闻"的名句(美国一部著名歌舞电影在澳门上映时,译名为"仙乐飘飘处处闻",即源出于此);而舞蹈动作,是杨贵妃虔心拜请嫦娥仙子获"传授"的。至于《胡旋舞》,则是杨贵妃向安禄山学会的。安禄山只是一介武夫，何以懂跳舞？其实一点儿也不奇怪。安禄山原本是北方胡人，那时候《胡旋舞》是几乎所有胡人都懂得跳的。安禄山年轻又精于跳舞，这也是讨得杨贵妃、玄宗欢心的重要原因。现在这些宫廷舞蹈的歌曲和舞蹈动作都失传了，但有部分舞诀仍留传至今。

不久，宫女在替杨贵妃换衣时发现她的乳房有伤痕，宫廷中人窃窃私语，怀疑是安禄山的爪痕。杨贵妃矢口否认有越礼行为，只说被人调戏。玄宗这时没有责罚杨贵妃，因为他自知不见杨贵妃一天就会茶饭不思，但即时将安禄山赶走。若非安禄山有功在身，恐怕就性命难保了。

杨贵妃爱观赏牡丹花。到了春天，御花园的牡丹花开得特别灿烂，正是"花开时节动京城"。传说因为杨贵妃太美，当她走近，牡丹也显得羞愧。一日，玄宗和杨贵妃在御花园赏花觉得意犹未尽，便命大太监高力士去召诗仙李白到来作诗助兴。当时李白正在酒馆喝得烂醉如泥，高力士一伙人七手八脚，强行将他抬入御花园。到了玄宗和杨贵妃面前，李白还未醒过来。众人见李白倒卧不起，都替他的性命担心。杨贵妃反而觉得好笑，便命高力士先行替他脱靴，扶他斜躺在一块石上。接着，高力士叫小太监往他头上、脸上淋水，李白这才睁开醉眼。于是高力士大声叫他作诗呈献皇上和贵妃，就以当时他们两人观赏牡丹为题。李白这才大吃一惊。众人都认定他根本没有时间想出诗来。殊不知李白似乎不用思考，即时随口便高声吟唱《清平调》三首。第一首是：云想衣裳花想容，春风拂槛露华浓。若非群玉山头见，会向瑶台月下逢。将杨贵妃赏花时候的美貌和装扮，比作天仙。第二首是：名花倾国两相欢，常得君皇带笑看。解释春风无限恨，沈香亭北倚栏干。说牡丹（名花）和杨贵妃（倾国）相惜相悦，都得到皇帝的亲近，因而无忧无虑。第三首是：一枝秾艳露凝香，云雨巫山枉断肠，借问汉宫谁得似？可怜飞燕倚新装。说杨贵妃就像古时候的赵飞燕一样受到皇帝的爱恋，只有牡丹才可与她比美。一连三首诗令杨贵妃开心不已。但后来杨贵妃听了高力士的唆使，对"云雨巫山枉断肠"一句疑神疑鬼，以为是讥讽她与安禄山的丑闻，于是怂恿玄宗将李白贬职，从此李白终生潦倒。

安禄山回到边关后起兵造反，传说就是因为"红颜祸水"。唐玄宗终于尝到过分迷恋女色的恶果，在大军压境的情形下被迫仓皇往西蜀逃避。次年途经马嵬坡（在今陕西兴平县西面）时，军队哗变，认为他们行军打仗这样辛苦都因为杨贵妃和杨国忠祸国所致。玄宗被迫下令将杨国忠杀死，赐杨贵妃用丝巾自缢（另有传是高力士等人用丝巾勒死），当时杨贵妃三十八岁。后来，做了太上皇的玄宗在儿子肃宗和郭了仪等大臣平定安史之乱后再回到马嵬坡找寻杨贵妃的尸体，却不见了。民间有诸多猜测和传说：一是有人将死去不久的"艳尸"偷去奸尸；二是杨贵妃未完全死去，玄宗和军队走后，她获救活，从此流落民间。白居易的长诗《长恨歌》详述唐玄宗和杨贵妃的悲剧故事，正如葡国贾梅士在澳门创作的长诗《葡国魂》详述葡国皇帝佩德罗一世与皇后陪嫁侍女的爱情故事一样。澳门的中学普遍选《长恨歌》为中文科教材。

本故事于 2013 年 9 月采录于澳门写作学会会址。
讲述者：叶锦添，大专学院教师；程祥徽，澳门大学退休教授（已故）。

"叹快活，住茅寮"

从前，珠江出海处的香山县有一条小村，村里有一户姓陈的富有人家，户主在兄弟姊妹中排行第三，所以名叫三发。陈三发有一个大女儿和一个小儿子，他聘了全县有名的赵秀才从小河对岸过来陈家，天天教资质平庸的儿子阿鹏读书，指望将来儿子高中科举，高官厚禄，光耀门楣，却偏偏叫聪明伶俐的女儿阿莲只学针黹。陈三发心想，阿莲跟母亲学懂女红就要嫁人了，花钱教她读书是亏本的"生意"。

这一天，陈三发接到县衙门的大红请帖，乘轿去县城（当时香山县城不在石岐而在现时香洲附近的山场）给县太爷送礼贺寿。恰在这时，赵秀才来教阿鹏读书，陈三发的妻子因为身体不适，婢女去买药了，便临时命阿莲招呼赵秀才。

阿莲平日在屏风后做女红，其实天天在隔着屏风听赵秀才讲书。她早就对赵秀才的才学很倾慕，也常常拿弟弟的书来看，这时正好有机会走到屏风前见赵秀才，不禁怦然心跳。阿莲向赵秀才递茶时，赵秀才第一次近距离见到阿莲，但见走近的阿莲杏眼桃腮，秋水流波，再听她莺声婉转，不由得心旌摇荡。两人四目相投的一瞬间，阿鹏自知父亲不在家，胆子壮了，便溜出后园玩耍去了。

当晚陈三发从县衙回来，脸色凝重，忙将妻子、女儿唤到跟前。他说，县太爷携儿子阿豹前天到香山岙望厦村的莲峰庙（当时是香山县一座官庙）主持祭神仪式，阿豹窥见随父母到庙里上香的阿莲，一时惊为天人，回家后日思夜想，茶饭不思，非要马上娶阿莲不可。县太爷在寿筵中已声言三日内就要亲来下聘，择过吉日就将阿莲娶过门去。阿莲听说当堂大吃一惊，她苦苦哀求父亲拒绝这门婚事，她说在莲峰庙里已留意有这个人跟踪、窥视她。她闻悉这人性情暴戾，嗜吸鸦片，决不愿嫁他。三发却说怕县太爷父子不好惹。

翌日早上，县太爷在儿子的催促下，提早带同聘金、聘礼登门。阿莲这天一直坐立不安，心里很紧张，当她听闻县太爷与随从进来，又隔着屏风见到刚来到教书的赵秀才被家人遣走，心里急起来，便把心一横，即时改穿一套用人的衣服，收拾少许细软藏在内衣里，戴上用来遮住头和脸的竹笠，趁家人拥去大堂接待县太爷，便匆匆开了后门，向小河渡口狂奔。

这边厢，陈三发与县太爷在人堂礼毕，正要交接聘金、聘礼，忽见夫人黄氏和侍婢先后跌跌撞撞地进来。黄氏大声哭叫："老爷呀，不好了，阿莲不见了！"陈三发这一惊非同小可，连忙叫全部家人出动，将屋内屋外搜遍，不见阿莲踪影。于是连忙上了两人抬的轿，领着家人，直向小河渡口追去。县太爷一时弄不清陈家正闹什么鬼，便领着众人先行回衙。

且说阿莲奔至河边渡口，果然见赵秀才正要登上渡艇。两人相见，千言万语说不清。赵秀才见她后面远处有人追来，连忙扶她上渡艇，叫艇家赶快撑艇离岸。阿莲在艇上喘过气来，哭诉父亲迫婚，自己不肯嫁阿豹的始末，赵秀才深表感动和钦佩。阿莲自知女仔人家，不好主动提出嫁他，便佯称自己想跳河自尽，赵秀才猜中她的心事，即时跪下向阿莲求婚，两人在艇上拉过艇家老汉作证，就这样成婚了。

到了对岸，赵秀才向艇家付了渡河和结婚证人的酬金，恳求他不要再将艇划过对岸去，艇家与赵秀才是同村亲戚，当堂答应，就睡在家里装病。

再说陈三发率众追到渡口，悟出阿莲随赵秀才逃到对岸去了。一干人等大喊很久不见渡艇过来，便连夜直奔县府，去向县太爷求助。

赵秀才带阿莲匆匆回到赵家，他们料到陈三发和县太爷很快追来，天还未亮，便收拾行装，再恳求艇家老汉载他们到远处一个较荒僻的海岛住下来。

果然，陈三发和县太爷一队人马在天刚亮就赶到赵家扑了个空。陈三发此后仍不断派人明察暗访，他的妻子更不断哭喊要找寻女儿。

几个月过去了，这天陈三发听闻家人来报，打探到有一对年轻男女在珠江口的小岛上，买下一间原本有海盗家属住过的茅屋居住。陈三发连忙乘轿和船，赶到小岛的茅屋前。他悄悄地独自走近茅屋的窗边，忽听屋里传出女儿在煮饭做菜时唱出这么一支歌谣："叹快活，住茅寮，风吹茅响好似吹箫。我日间太阳照，夜间月来朝。……"陈三发连忙往里面瞧了一眼，见阿莲刚好转身端汤碗给丈夫。他心中一时激怒，打算在屋后点火，把茅屋烧了，迫使女儿回家。但转念一想："何必要我现在出手？明天派人来，待他两人出外做工，再放火使他们无家可归，然后女儿就自然会回家求救啦。"于是陈三发率众回去。

翌日上午，茅屋被火烧了。赵秀才和阿莲从外面赶回来，只见一大堆灰烬。夫妻俩伤心之余，在灰烬中拨弄，希望找回一些还有用的东西。忽然，他们在原本木柱和墙壁倒塌处，找到一个有铁锁锁住上盖的铁匣，铁匣烧穿了一个洞，使他们不用打开匣盖就见到匣里有一摞金砖。

陈三发得知烧了茅屋之后，在家里只待阿莲回来求救，却一直不见女儿回来，后来打听得知，女儿和赵秀才那一天竟笑呵呵地雇船到别处住去了。

陈三发感到很迷惑。过了几年，他生病死了。陈家也因为生意失败，产业大不如前，家仆都走了，只剩下黄氏和儿子搬到一间小屋相依为命。忽然有一天，阿莲和赵秀才抱着一个男孩找上门来。黄氏一见就认得女儿，阿莲叫手上抱着的孩子叫外婆，黄氏一听"外婆"，就"哇"的一声哭出来了。原来阿莲和赵秀才搬到香山岙莲花山下一间大宅居住，夫妻恩爱，事业有成，一家三口过着非常快乐的生活，这次回到外家先到陈三发坟前拜祭，再接黄氏母子去香山岙同住。

七星伴月台

路环岛有座著名的谭公庙，它位于路环十月初五马路末端，像其他许多古庙一样，前面海，后靠山。谭公庙后面原本有个岩石丛生的山岬，是突出盐灶湾的石崖，称为"石角"。该庙门联"石角钟灵符笔岭，回澜胜岛宛蓬莱"证实庙的所在地点古时候叫"石角"。

在谭公庙后侧即石角原址的阶梯形高地，从古至今称为七星伴月台。台上存在"七星伴月台"，是七张石凳和一张圆形石台构成的陈设组合。

据路环民间传说，清朝嘉庆年间，路环有一个日常在石角采石、打石的石匠，名叫李必达。有一天夜里，他的母亲梁氏得神仙"报梦"，说石角有七埕黄金一埕白银，是梁氏前生留下的，可以在今生取用。梁氏醒来后信以为真，指望拿些金银很快娶个媳妇，便同儿子赶去寻找，但始终找不到。梁氏失望之余，茶饭不思，病倒在床，药石无效，很久不愈。李必达为了救母亲，忽然想起一个办法，他日夜开工，凿出一张石台和七张石凳，放在梁氏所说有七埕黄金一埕白银之处，再带同母亲去看，说是神仙所送。母亲看后沉思良久，顿然大彻大悟。她虽然一猜便知石台、石凳是儿子所造，但觉得有个如此孝顺的儿子，更胜黄金白银千斤，于是身上的病霍然而愈。从此，路环居民都叫这个地方作"七星伴月台"。

经历近二百年风雨，现在石角的石已被采尽。路环街坊四庙慈善会上世纪曾将损毁的石台、石凳，根据原有传说，改以七个陶制的埕（梁氏说梦中的金银用埕盛载）倒置充作凳子。后来埕破了，再改用七张圆面的石凳。最近一次于数十年前重修，因主事者不知其历史渊源，误用八仙桌的模式，造了八张石凳。这是宣扬孝道的纪念性陈设。

　　以上故事是前任路环街坊四庙慈善会主席杨辉在上世纪九十年代向笔者讲述的。

女娲补天

在大三巴街与草堆街相接处，有一间古庙，叫作女娲庙。

传说在盘古开天辟地之后，法力无边的女神女娲，用黄泥造成了人。人最初在这个世界上很太平。不料在许多年之后，一个叫共工的男人与颛顼因为争夺王位而打起仗来。结果共工打输了。他很不服气，一时激愤，便一头撞向不周山。这猛力一撞，竟引致撑天的一条大柱折断了，继而西北角的天崩下，东南面的地陷下，接着洪水泛滥，大火蔓延四处，人们流离失所，十分凄凉。

女娲看到这情形十分关切，决心拯救天地万物。她到东海里由神龟背着的天台山，采来五色泥土，在山上堆集岩石为炉，向太阳借来神火，用了九天九夜，终于炼成三万六千五百零一块五色巨石。然后她又历时九天九夜，用了三万六千五百块五彩巨石把天补好。剩下最后一块五彩巨石没有用。

天补好了，但折断的撑天之柱哪里找呢？女娲只好砍下神龟的腿，用法力变大，拿来撑天。但天台山在东海里没有神龟背着就会沉入海底，于是女娲就把天台山拖到东海岸边，也就是现在叫琅琊的地方。

现在人们到天台山上，还可以看到"女娲补天台"，补天台下还有被斩了腿的"神龟"和补天剩下的一块五彩巨石。

　　以上故事由澳门庙宇节庆筹备委员会召集人莫达和女娲庙管理员阿卓于 2016 年 5 月向笔者讲述。

医灵庙的医灵大帝

在澳门沙梨头水月宫（土地庙）的一系列庙宇中，有一间像凉亭围上栅栏的小庙，叫医灵庙，供奉医灵大帝。

据沙梨头区坊众传说，医灵大帝原本叫吴本，是北宋闽南人。

吴本从小就很聪明，乡间的人都称他为神童。他先后学会捕蛇、采药、针灸、汤药，对病理医术有很精湛的研究。他十七岁时到昆仑山，遇西王母娘娘，西王母娘娘将济世救人的妙方和降妖伏魔的仙术传授给他。后来他赴京应考高中，北宋皇帝封他为御史。但他宁愿辞官修道，悬壶济世。他五十八岁时，上山采药失足坠崖，民间认为他是应玉帝之诏升天，私谥他为"医灵真人"。他升天为仙之后，仍经常到凡间布施丹药，拯救病人。明成祖永乐年间，他化身为道人，入宫为皇后治愈重病，皇帝封他为医灵大帝。

清朝咸丰年间，沙梨头村发生大瘟疫，村民诚惶诚恐，赶去土地庙祈福。当晚，村民看见一个手拿油灯，头戴竹帽，身穿蓑衣的长须老翁，在风雨中绕全村走了一圈，然后不见了。不久，村民发现瘟疫顿然完全消失，大家都相信这是医灵大帝显灵，于是集资在水月宫范围加建医灵庙。

2016 年采录于澳门。讲述者是叶达，澳门庙宇节庆筹备委员会召集人。

八仙桌

很久以前，山村里的贫穷人家是没有桌子的，一家人吃饭时通常只在屋外的木块或石块旁边围着吃。有一天，一户人家娶媳妇，喜筵摆在屋外石块上，村里来的一众亲友吃喝刚开始，忽然下起大雨，饭菜和亲友的衣服都被淋湿了，新郎、新娘最为狼狈尴尬，不知如何是好。

刚好这时来了八个人，其中一个骑驴，一个挂拐杖，都说是远房亲戚喝喜酒来了。两家亲友都不认识他们，然而这时场面混乱，主人家顾不得问他们的来历。八个人刚坐下，雨就停了。那个挂杖的老汉问主人家："要不要把筵席搬进屋里去？"主人苦着脸说："兄弟不要挖苦我了，这么重的石块，哪能搬进屋里！"

八个"亲戚"商量了一会儿，就叫主人家把饭菜暂且收进厨房，又叫亲友们回家去把湿衣服换掉，再来喝喜酒。当大家换好衣服再来时，一看屋里，忽然出现了一排整齐的正方形木桌，方桌四面都有可坐两人的长木凳。主人家从厨房端酒菜出来，都说多谢八个亲戚，不知从哪里搬来这么整齐划一的方桌。男主人一面嘴里不停地说："我的天呀！你们可是神仙吧？"一面赶忙招呼八个"亲戚"在正面墙下祖宗神位前的一张方桌旁坐下喝酒吃饭。酒菜刚摆好，大家刚动箸，八个"亲戚"忽然一阵风似的不见了。大家都惊呆了。亲友中一个长老这时才恍然大悟，站起来大声说："你们看，这八个人当中，不是有一个骑驴的张果老，一个挂杖的铁拐李吗？他们就是八仙啊！"

从此，村子里的人都将这种由八个"亲戚"送来配四张长形木凳的方形木桌叫作"八仙桌"。同时各户人家都在家中正面墙下或屏风下祖宗神位前设一张"八仙桌"，不论祭神或招待亲友，都用这种桌子摆饭菜，借以纪念八仙的功德。

本文是 2016 年 5 月 15 日至 18 日于澳门采录的故事，讲述者是澳门庙宇节庆筹备委员会召集人叶达。

附记：

澳门的很多庙宇和食肆里都设有八仙桌。然而有关八仙桌的故事之所以广为传开，是始于上世纪拱形马路八仙饭店灭门谋杀案发生。案中饭店职员黄志恒将东主郑林一家十人全部杀死，将各死者的残肢丢下黑沙海中，并霸占饭店，如常经营。其后警方在黑沙海滩捞获部分残肢，经调查将凶手逮捕。凶手一年后在狱中自杀。八仙饭店所有饭桌都是八仙桌。

吕氏姑娘与徐家公子

有个喜爱读书的女子，姓吕，二十多岁了，对过几门亲事始终不成，主要原因是她要求男方必须是诗礼之家。最后，她终于嫁给与她志趣相投的徐公子。

婚宴举行之后，一众曾经协助迎亲的徐家子弟，带着几分酒意，跟随新郎拥进新房。他们见新娘年纪较大，才高气盛，对男方要求的条件颇高，于是故意对她的才学、兴趣和择偶要求等方面问长问短，见新娘害羞得脸红就哄然大笑。媒人婆见夜深了，便摆手示意众人离开。但他们却有心为难新娘，讲出一副对联的上联——"吕氏姑娘，下口大于上口"；要求新娘对准下联，他们才会心服口服离开。

在场的人，包括新郎、新娘都心知肚明，这上联分明是嘲笑新娘迟婚，怀疑已不是处女。新娘本来性情颇为刚毅，这时不便发作，却又不肯示弱，正在沉吟，正当一众徐家亲戚以为她对不上下联要起哄的瞬间，忽然见她轻启樱唇，朗声念道："徐家公子，斜人多过正人。"

众人听了，一时惊诧万分，哄笑声都变成了赞叹声。新郎尤其暗自佩服，因为下联以徐字对吕字，尽用夫妻两人姓氏，拆字表意，恰到好处；怪责闹新房的徐家子弟之余，没有把丈夫牵连进去。

上述故事是由邝玉珍女士（已故）于 1961 年向众人讲的。濠江中学中二英文老师苏兆熊在 1965 年上课时同样讲过。

武虎脱牙的神奇效应

从前，菡萏镇一个名叫武虎的大官有只大牙烂了，很痛，于是他到一家诊所去脱牙。

新任职的牙医由于经验不足，花了半天也脱不掉武虎的坏牙。还是站在旁边与武虎相熟的老护士有办法。她对武虎说："昨天有个男人来脱烂牙也很久脱不掉，后来他自己想了一想，然后大叫一声'我爱老婆'，烂牙就立即脱落了。我相信你只要照我纸上这十六个字读一次，说不定就有神奇效应，手术也省了。"武虎自问读稿子是惯了的，何况只有十六个字这么简单。便不假思索，拿过纸来，照她的话大声读了一遍。果然，神奇效应来了，说时迟，那时快，一只大牙从他张开的口中像子弹一般飞脱而出。

这官员读的是哪十六个字呢？原来是："敢说真话，说到做到；肃贪倡廉，以民为本！"

本文采录时间：2013年暑假。讲述者：从澳门到内地一部旅游车上的乘客。

吕祖仙院的吕祖

位于连胜街与新胜街交界的福庆街，有多间古庙，其中一间叫吕祖仙院。吕祖仙院供奉的吕祖，民间相传是晚唐至五代期间的道士、诗人、剑客吕洞宾。

吕洞宾是山西省运城市芮城县人。他连续三次都考不中进士，到了四十六岁时，又去长安应考。在酒肆中，他遇上八仙中的汉钟离。汉钟离正在煮小米（黄粱）饭，吕洞宾在他身边，和他谈起自己屡考不中的境遇，汉钟离见吕洞宾渐渐倦了，便从行囊里取出一个两端有孔的青瓷枕递给他。吕洞宾躺在瓷枕上很快就进入梦乡。他梦见自己这次应考中了进士，做了大官，多次被奸臣诬陷，幸得皇帝为他平反冤狱，封为燕国公，享尽荣华富贵，直到八十一岁才病死。梦到这里，他猛然醒来，却见汉钟离的一锅小米饭还未煮熟。这就是古代著名的故事《黄粱梦》。吕洞宾惊讶地说起梦中情形，汉钟离却笑眯眯地说："人生在世，不就是这样吗？你的人生之梦，也该醒来了。"吕洞宾思量后，茅塞顿开，明白荣华富贵的虚妄，于是改变赴京应考的主意，决定追随汉钟离去修道。汉钟离经过十次测试，认为吕洞宾态度真诚，就带他到终南山鹤岭，授予道法和剑法。从此，吕洞宾云游五湖四海，施展奇技，为老百姓斩妖除害。

本文于 2015 年 8 月采录于澳门。讲述者是潘仑山，画家，吕祖仙院始创人吴德靖的外曾孙。

附记：

吕洞宾原名吕岩，为了避开乱世，和妻子一起到中条山九龙峰，两口子各居一洞，成为洞中的宾客，所以他改名为吕洞宾。道号为纯阳子，道教尊称他为"吕祖"，民间杂技艺人奉他为祖师爷，民间传说中是"八仙"最著名的一个。

懂风水和医术的广西梧州人吴德靖，于清末光绪年间来澳门，创立吕祖仙院。他逝世之后他的后代将业权抵押给一个叫何贵的人。何贵亦已经逝世。

（京权）图字 01-2024-5380

图书在版编目（CIP）数据

镜海回澜 / 张卓夫著. -- 北京：作家出版社，2024. 12. --（澳门文学丛书）. -- ISBN 978-7-5212-3241-7

Ⅰ. I267

中国国家版本馆 CIP 数据核字第 20247HH536 号

镜海回澜

作 者：张卓夫

责任编辑：张　平

装帧设计：意匠文化·丁奔亮

出版发行：作家出版社有限公司

社　　址：北京农展馆南里 10 号　　　邮　　编：100125

电话传真：86-10-65067186（发行中心）

　　　　　86-10-65004079（总编室）

E-mail:zuojia@zuojia.net.cn

http://www.zuojiachubanshe.com

印　　刷：三河市北燕印装有限公司

成品尺寸：133×214

字　　数：163 千

印　　张：7

版　　次：2024 年 12 月第 1 版

印　　次：2024 年 12 月第 1 次印刷

ISBN　978-7-5212-3241-7

定　　价：38.00 元

第 一 批 出 版 书 目

王祯宝 《曾几何时》

水　月 《挥手之后还会再见吗》

邓晓炯 《浮城》

未　艾 《轻抚那人间的沧桑》

吕志鹏 《在迷失国度下被遗忘了的自白录》

李成俊 《待旦集》

李宇樑 《狼狈行动》

李观鼎 《三余集》

李鹏翥 《澳门古今与艺文人物》

吴志良 《悦读澳门》

林中英 《头上彩虹》

赵　阳 《没有错过的阳光》

姚　风 《枯枝上的敌人》

贺绫声 《如果爱情像诗般阅读》

袁绍珊 《流民之歌》

黄坤尧 《一方净土》

黄德鸿 《澳门掌故》

梁淑淇 《爱你爱我》

寂　然 《有发生过》

鲁　茂 《拾穗集》

穆凡中 《相看是故人》

穆欣欣 《寸心千里》

以上按作者姓氏笔画排序

第一批出版书目

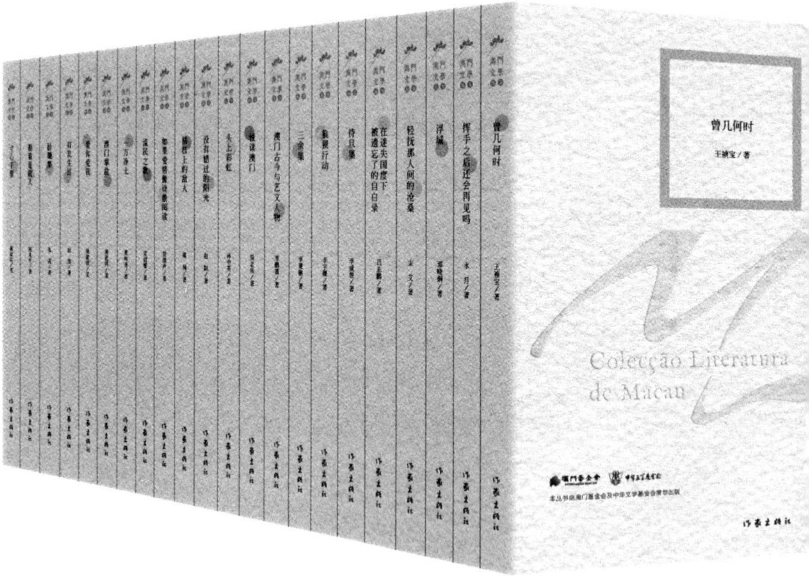
曾几何时
王祯宝／著
Colecção Literatura
de Macau
作家出版社

第 二 批 出 版 书 目

太　皮　《神迹》

尹红梅　《木棉絮絮飞》

卢杰桦　《拳王阿里》

冯倾城　《未名心情》

朱寿桐　《从俗如流》

吕志鹏　《挣扎》

邢　悦　《被确定的事》

李烈声　《回首风尘》

沈慕文　《且听风吟》

初歌今　《不渡》

罗卫强　《恍若烟花灿烂》

周　桐　《除却天边月没人知》

姚　风　《龙须糖万岁》

殷立民　《殷言快语》

凌　谷　《无边集》

凌　稜　《世间情》

黄文辉　《历史对话》

龚　刚　《乘兴集》

陶　里　《岭上造船笔记》

程　文　《我城我书》

程祥徽　《多味的人生之旅》

———————————

以上按作者姓氏笔画排序

第二批出版书目

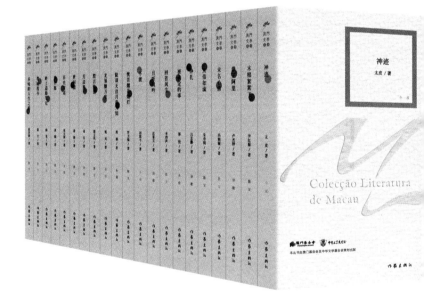

第 三 批 出 版 书 目

太　皮《一向年光有限身》

李文娟《吾心吾乡》

何　贞《你将来爱的人不是我》

陈志峰《寻找远方的乐章》

吴淑钿《还看红棉》

陆奥雷《新世代生活志：第一个五年》

杨开荆《图书馆人孤独时》

李嘉曾《且行且悟》

卓　玛《我在海的这边等你》

贺越明《海角片羽》

凌　雁《凌腔凌调》

谭健锹《炉石塘的日与夜》

穆欣欣《当豆捞遇上豆汁儿》

———————————

以上按作者姓氏笔画排序

第四批出版书目

李观鼎《滴水集》

李烈声《白银》

陈雨润《禅出金瓶 悟觉大观》

陆奥雷《幸福来电》

杨颖虹《小城 M 大调》

凌　谷《从爱到虚无》

袁绍珊《拱廊与灵光：澳门的 120 个美好角落》

黄文辉《悲喜时节》

梯　亚《堂吉诃德的工资》

蒋忠和《燕堂夜话》

———————————

以上按作者姓氏笔画排序

澳門文學 丛书